KB117407

세상에서

가.장. 아름다운

별에 살다

세상에서 가장 아름다운 별에 살다

1판 1쇄 발행 2014년 8월 15일 **1판 2쇄 발행** 2015년 6월 27일

지은이 손명찬
사진 밤삼킨별

펴낸이 김강유
책임편집 김은영 이승희 **편집** 양△정
책임디자인 조명이
저작권 차진희 박은화
책임마케팅 김용환 김새로미 이헌영
마케팅 박치우 김재연 백선미 고은미 정성준
온라인마케팅 고우리 박은경
책임제작 김주용 박상현 **경영지원** 양종모 김혜진 송은경 한주임
제작처 민언프린텍 정문바인텍 금성엘앤에스 대양금박

발행처 도서출판 비채
주소 경기도 파주시 문발로 197(문발동) 우편번호 413-120
등록 1979년 5월 17일 (제406-2003-036호)
주문 및 문의 전화 031)955-3200 **팩스** 031)955-3111
편집부 전화 02)3668-3290 **팩스** 02)745-4827 **전자우편** literature @gimmyoung.com
비채 카페 http://cafe.naver.com/vichebooks
트위터 @vichebook **페이스북** http://www.facebook.com/vichebook

이 도서의 국립중앙도서관 출판시도서목록(CIP)은 서지정보유통지원시스템 홈페이지(http://seoji.nl.go.kr)와
국가자료공동목록시스템(http://www.nl.go.kr/kolisnet)에서 이용하실 수 있습니다.
(CIP제어번호: CIP2014022662)

세상에서
가.장. 아름다운
별에 살다

손명찬 지음 | 밤삼킨별 사진

LIVING IN

THE MOST

BEAUTIFUL

PLANET

비채

유클리드의 별에서

아름다운 별을 여행 중입니다.
이 별 안에는 모든 것들이 살아 있습니다.
사람들은 꿈을 꾸며 얼굴이 빛납니다.
참, 오래 머물고 싶은 곳입니다.

어느 날, 해 아래서 문득 보았습니다.
약속된 것처럼 반듯해 보이던 것들에게는
자신만의 그림자가 하나씩 있었습니다.

선과 꼭짓점들을 움직이기 시작하면
세모가 동그라미가 되었다가
동그라미가 네모가 되었다가 합니다.
선과 꼭짓점들이 흔들릴 때에는
기쁨이 슬픔 되었다가
슬픔이 기쁨 되었다가 합니다.

때로는 어떤 지식과 지혜로도
실제 모습을 알 수 없는 모양의 그림자입니다.
세월 속에서, 그림자들은 촛불처럼 흔들립니다.

태초에 어둠과 혼돈의 깊음 위에서
창조된 별이라는 사실을 떠올리게 됩니다.

그래서인지 이곳의 사람들은
빛이 없으면 하루도 살 수 없어 보입니다.
해와 달보다 나중에 태어났으므로,
처음부터 빛을 알기 때문일 것입니다.

이로써, 이 별에서 산다는 것은
어둠에서 빛으로 가는 여정 자체입니다.
그간의 모든 규칙과 약속은
그 여정을 잊지 말자는 서로의 다짐입니다.

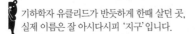 기하학자 유클리드가 반듯하게 한때 살던 곳,
실제 이름은 잘 아시다시피 '지구'입니다.

contents

1

마음

한 점,

얼룩 없는 마음이 어디 있으랴

격려

당신을 기다렸어요.
당신, 어깨를 두드려주는 사람이어서요.
내가 격려가 좀 필요해서요.

당신도 힘겨운 거 알아요.
그래서 당신에게 어깨를 빌려주려고요.
당신은 늘 먼저 두드려주고 힘을 얻잖아요.

내내 당신을 기다렸어요.
마침내 당신이 와서 함께 이야기하는 동안
입속에서는 한마디 말이 맴돌았답니다.
'내 어깨 한번만 두드려주세요.'

오늘, 그 말은 결국 못했어요.
격려받지 못했고 힘을 드리지도 못했어요.
아쉽고 미안한 마음입니다.

다음을 절실하게 기다리는 이유, 당신을 또 만나야 할 행복한 이유,
당신에게 내가 있어야 할 이유.

용서의 정의

"issumagijoujungnainermik"

에스키모어로 '용서'입니다.

'더 이상의 것을 생각할 수 없게 되는 것'이라는 뜻입니다.

오래전 선교사들이 애써 연구해서 찾아냈다고 합니다.

이걸 오래된 내 노트에서 찾아냈습니다.

어떻게 발음해야 하는지, 철자나 맞는지는 잘 모르겠습니다.

그래요. 용서가, 이렇게 어렵고 힘듭니다.

한 줄

마음이 산란하여
제대로 된 글 한 줄 쓰지 못했네.

그냥
하얀 건 종이고
검은 건 글씨네.

점심때도 그만 놓쳐
나가서 김밥 한 줄 사왔네.

보니
하얀 건 밥이고
검은 건 김이네.

오늘은
내 글보다 네 맛이 낫다.

마음, 맑음

마음이 가난한 사람은
없는 중에 가진 게 사랑이 전부여서
사랑에 목숨을 걸어도 좋고
내놓을 때는 천국과 바꿔 가지.
받을 때는 세상을 다 얻은 듯 기뻐하지.
이런 가난, 괜찮지.

마음이 부유한 사람은
가진 많은 것들 중에 사랑이 가장 많아서
사랑을 베푸는 게 별일도 아니어서 좋고
내놓아도 남는 게 더 많지.
받을 때는 받기가 무섭게 또 내놓지.
이런 부자, 괜찮지.

마음이 이도 저도 아닐 땐 안 괜찮겠지.
만사 시큰둥, 맹숭맹숭, 구시렁구시렁하면서

사랑 타령이니 어쩌니, 피곤해하지만
내놓을 때는 덫을 놓으려 들지.
받을 때는 혼자서 몽땅 독점하려 들지.
이런, 정말 중간도 못 가지.

마음아, 이제 결정해야지?
가난해지겠니, 부유해지겠니?

별

보고 싶어서
눈물이 나서
한참을 참아보다가
휴지를 찾아
눈물을 닦고
코를 풀었네, 아주 힘껏.

눈앞에서
별이 반짝반짝했네.

그것도 예뻐
한참 바라보다가
울음 그치고
혼자서 웃네.

눈물이 집을 나와 얼굴에 잠시 한 줄기, 물길을 낸다. 아래로, 아래로 흐르며 난처한 표정을 만지고 다독인다. 괜찮다, 주문 외우듯 말하며, 어떻게든 이해하려고 애쓸 것 없다. 이해되지 않는 것을 억지로 이해하려는 것은 착한 마음이 아니고, 무너진 마음이다.

눈물이 흐르는 건, 청신호다. 울 수 있다는 건 억지를 부리지 않는다는 거. 스스로 속이지 않겠다는 거. 속으로 삼키면 그대로 병이 되니까. 한 점, 얼룩 없는 마음이 어디 있으랴. 한 점, 부끄럼 없는 인생이 어디 있으랴.

내가 얼마든지 울기로 마음먹은 이상, 눈물은 솔직 담백한 영혼의 목욕물이다. 이미 벗은 마음을 또 다치게 할 수 없다.

울기도 마음먹은 이상,
눈물은 슬퍼 담근박한
영혼의 목욕물이다.

딜레마

하굣길에 자매가 아이스크림을 하나씩 샀어요.
동생이 막 먹을 찰나, 아이스크림 위로 새똥이 떨어졌어요.

순간, 동생은 벌써 눈물이 그렁그렁했고
언니는 어쩔 줄 몰라 눈만 깜박거리고 있었고
옆에 있던 아이들은 깔깔대며 웃기 시작했어요.

아, 우연히 이 장면을 목격한 나는 어떡하나요.
벌써 가슴이 찡한데.

새로 아이스크림 살 돈은 있을까요? 언니 걸 나눠 먹을까요?
내 마음이 쓰이는 곳, 다 쫓아가서 그다음을 확인할 수 있다면!

맛난 법칙

콩 심은 데 콩 나고
팥 심은 데 팥 난다.

삶 심은 데 길 나고
맘 심은 데 일 난다.

화 심은 데 뿔나고
욕 심은 데 끝난다.

꿈 심은 데 신나고
너 심은 데 빛난다.

진짜 이데아

부모님 댁을 방문하면서 대학 시절 읽었던 철학전집을 차에 실어왔어요.
그리고 어젯밤 간만에 플라톤 편을 집어 들었지요. 그런데 내가 아닌 누군
가 책을 여러 번 펼친 흔적이 있는 게 아니겠어요.

'어머니가 플라톤을?'

나는 신기해서 책을 이리 펼치고 저리 펼치며 흔적들을 조심조심 따라갔어
요. 과연 따라간 곳곳마다 분명한 어머니의 흔적을 찾을 수 있었어요. 잘 마
른 빨간 단풍잎 발견!

오, 평생 꽃과 나무를 사랑하신 내 어머니.

플라톤의 이데아도 어머니 단풍잎한테는 쨉도 안 되지요.

괄호를 보다

어떤 괄호는 구별이나 강조의 의미로 씁니다. 어떤 괄호를 만나면 일단 보류해야 할 때도 있습니다. 어떤 괄호는 가장 먼저 풀라는 뜻이 되기도 하고, 맨 마지막에 풀라는 뜻이 되기도 합니다.

지금, 당신이 마주하고 있는 괄호는 무슨 의미인가요. 채워 넣고 정답지를 기다리고 있나요. 비워둔 곳을 보며 자유를 꿈꾸고 있나요.

내 인생에서 괄호가 늘어갈 때마다,
괄호 속이 커져갈 때마다 나는 가만히 인생을 배웁니다.

최고의 욕심

가득 채워둔 욕심에서 벗어나
허허롭게 자유로웠던 적이 없으면서
'내려놓음'이나 '겸손'마저도 좋아 보여
그것도 슬쩍 가져보려는 욕심.

신의 시선에는 무심,
사람 시선에만 유심한 거지요.

그릇

한 번에 다 담지 못해
이 그릇 저 그릇에 나누어 담아놓았던 것.

그게 미움이면
당신, 참 옹졸한 짓 하느라 애썼어요.
하나씩 꺼내 볼 때마다 아플 거예요, 오래오래.
몇 개, 놓쳐 미끄러지기라도 한다면
간신히 울음을 참고 버티고 있던 아픈 마음을
와장창 깨뜨릴지도 몰라요.

그게 사랑이면
당신, 참 지혜로운 일을 하셨어요.
하나씩 꺼내 볼 때마다 좋을 거예요, 두고두고.
몇 개, 인심 써 나눠주기라도 한다면
많은 사람들이 기뻐하고 당신 마음도 흐뭇해져
다음에는 더 많이 내놓고 싶어질 거예요.

사람을 그릇에 곧잘 빗대는 건 그릇만큼이나 뭘 마음에 잘 담아서일 거다.
담은 걸 꺼내기도 잘하고 오래 두기도 잘해서일 거다. 오래 둔 걸 김치 익히
듯 잘 익혀서일 거다. 익은 걸로 의젓하게 잘 대접해서일 거다. 그래서 '대
접'이라는 것은 정말 대접 잘하라는 뜻으로 붙인 이름일 거다. 입구를 넓게
벌려 누구에게든 인심 쓰라는 뜻일 거다.

속이 다 보이도록 투명한 그릇도 좋겠고, 속이 편하도록 단단하고 두툼한
그릇도 좋겠지만 당신이 매일 만지고 즐겨 쓰는 그릇이기를. 당신이 매일
씻겨주고 소중히 여기는 그릇이기를. 가장 좋아하는 사람에게 가장 좋은
걸 담아 내놓을 때 고민 없이, 가장 먼저 집는 그릇이기를.

나도 모를 일

웃는 내 모습을 보면 스스로 원해서 한 일 같고,
풀 죽은 내 모습을 보면 남이 시켜서 한 일 같았다.

그렇게 믿고 살았기에
아직도 큰 오해를 풀지 못한 채 살고 있다.

웃으면서 억지로 한 일과
풀 죽었지만 하고 싶어서 한 일로
오늘 하루 누릴 자유를 몽땅 채워 넣고서도.

그런 일을 더 많이 하면서도.
그런 사람을 수없이 보면서도.

한여름 밤에

어젯밤 산책로에서
귀뚜라미 소릴 들었네.
여름 안에 가을이 들어 있었네.

마음에도 울긋불긋 물들어 있었네.

어떻게 볼까요

눈이 풍경을 담으려고 애쓰는 때가 있고
풍경이 눈으로 찾아와 깃드는 때가 있다.
'보려는 것'과 '보이는 것'만큼의 차이.
원리가 이해될 때처럼, 본질이 와 닿을 때처럼,
진리를 깨달을 때처럼, 사랑을 느낄 때처럼.

보려 한다고 해서 다 보이지는 않지만
보이는 것은 있는 대로 다 볼 수 있다.
눈을 깜박이더라도, 시선이 잠시 분산되더라도,
보지 않더라도, 심지어 잊으려 한다 해도,
눈에 든 풍경은 쉬이 사라지지 않는다.

시간이 흐르면 흐를수록 더 자라기도 한다.
눈에 들 때 마음에도 들기 때문이다.
그 순간 훤히 드러난 마음을 보게 된다.

무의식적인 뇌는 0.01초에 반응하고, 의식적인 뇌는 0.03초에 반응한다고 한다. 이제야 알겠다. 사람의 본심이 쉽게 들통 나는 이유. 그래서 되는 대로 진실하게 사는 게 속 편하다. 아니면, 무의식중에 나타난 태도를 속이려고 둘러대기, 궤변, 거짓의 말이 동원되어야 하니까. 하지만 이마저도 우리는 0.02초의 차이를 곧잘 들키고 만다.

빛이었다가, 짐이었다가

부조리하게도 '봄'으로부터 시작되었다. 본 것에 가까워졌다가 멀어졌다가, 본 것이 맞았다가 틀렸다가, 본 것을 잡았다가 놓쳤다가, 본 것을 기어이 마음에 품고 말았다. 세상에는 내가 못 본 것도 많다. 덮어놓고 믿어야 할 것도 여럿 있다.

불합리하게도 이번에는 '들음'으로부터 시작되었다. 들은 것에 솔깃했다가 실망했다가, 들은 것이 빛이었다가 짐이었다가, 들은 것을 좋아했다가 싫어했다가, 기어이 들은 것을 굳게 믿고 말았다.

봄에 얹혀살다가 봄에 묻어가다가 문득 당신을 본다.
당신 말을 들으며 생각해본다.

눈에 보이는 것

북극에 사는 에스키모의 말 중에는 흰색에 대한 표현만 수십 가지가 된다고 한다. 매일 눈과 얼음을 보고 살면 그렇게 된다. 반면, 희끄무레한 영역의 모든 것을 흰색이라고, 한술 더 떠 깨끗하다고 생각하는 단순한 우리. 악마는 흰색만 가지고도 주물러서 오늘도 수천, 수만 가지의 악을 만드는 중인데.

그러니 사람, 참 속여먹기 쉽다. 검은색, 회색이나 탁한 색, 섞인 색, 어두운 색만 의심의 눈초리로 바라보니 말이다. 대수롭지 않게 생각하는 마음일 때 슬쩍 독이 흘러 들어온다. 그게 악일 거다. 우리는 제대로 보고 있을까? 흰색과 흰색과 흰색을.

브레이크가 필요한 날

브레이크 없이 살다 보면, 골몰한 것, 집착하던 것이 갑자기 피곤해질 때가 있다. 사랑이 지긋지긋하고, 사람이 지긋지긋하고, 관계가 지긋지긋하고, 이해가 지긋지긋하고, 과업이 지긋지긋하고, 인생이 지긋지긋하고, 신앙마저도 지긋지긋하다. 지겹다고, 엉뚱한 것에 화풀이할 게 아니다. 의외로 그냥 피곤해서 그럴 수 있다.

잠이 부족하면 푹 자기. 말하기 싫으면 잠자코 듣기, 혼자 있기. 움직이고 싶지 않으면 가만히 있기, 남 시키기. 결정하기 힘들면 보류하기. 걸음이 빨라지면 한눈팔기, 천천히 가기. 복잡하면 단순 무식한 하루나 이틀 보내기. 기다리기 힘들면 슬슬 다가가기. 다가가기 힘들면 참고 기다리기. 몽땅 꼬였다 싶으면 확 그냥, 디폴드하기. 죽고 싶으면 '아주 죽고 못 살아' 하기.

피곤함이 풀리고 나면 다 정상으로 돌아온다.
다시 보면 더 새롭다, 더 찬란하다.

의자 고르기

앉으면, 세상 걱정 없게
무게 중심이 잘 잡히면 좋겠어요.

뒤가 좀 든든하게
아늑한 등받이가 있으면 좋겠어요.

쉬는 동안만큼은
흔들리지 않으면 좋겠어요.

혼자 있으면, 조용히
책을 읽다가 잠들어도 좋겠어요.

당신이 오면, 같이 앉게
아주 큼지막하면 좋겠어요.

즐거움을 나눌 수도 있어요.

달콤한 커피 브레이크!

생각 의자.

생각의 자리, 생각의 자유.

2

치유

어느 봄날,
가는 곳마다 꽃이 피었다는 걸 눈치챈 순간

포켓 리스트

별다른 설명이 필요할까요.
'오늘 하루, 얼마든지 할 수 있는 일'이라고 해두겠습니다.
주머니에서 쉽게 꺼낼 수 있는 리스트 말입니다.
마음만 먹으면 '식은 죽 먹기'로 간단하게 이루어지는 일들,
'주머니 속의 행복' 말입니다.

뭐든 가능합니다.
오늘 하루가 가기 전에 능히 할 수 있는 일이라면.
혼자서든, 여럿이서 힘을 모으든 상관없습니다.

단, 조건이 있습니다.
꼭 하고 싶은 마음이 생겨야 합니다.
두고두고 흐뭇한 마음이 들어야 합니다.
책임감이나 의무감, 나도 모를 마음으로는 안 됩니다.
그럼, 재미가 하나도 없겠지요.

포켓 리스트The Pocket List를 만들어보세요.

버킷 리스트The Bucket List처럼 거창하지는 않아도

결코 그보다 못하지 않을 겁니다.

소박하다거나 사소하지 않을 겁니다.

죽기 전에 꼭 하고 싶은 수준의 일들도,

그날이 오면 오늘의 주머니 속으로 옮겨질 테니까요.

그 어떤 마음의 기대와 소원도
리스트에 올라야 이루어질 테니까요.

낯, 익음과 설음

낯섦을 따라가야 할 때가 있고 낯익음을 따라가야 할 때가 있어요. 그동안 나는 자신 있을 때 낯섦을 선택하고 자신 없을 때 낯익음을 선택했지요. 가끔씩은 자신 없을 때 낯섦을 따라가기도 했는데 내가 끌려가고 있지, 하는 생각이 들곤 했어요. 자신 있을 때 낯익음을 따라가면 내가 인도하고 있지, 하는 생각이 들었어요.

알고 모르는 것은 늘 실제의 문제가 아니었지요. 낯섦의 상황에는 집중력이 생기고 낯익음의 상황에는 한눈파는 상황이 생겼지요. 자신 없을 때에는 겸손이 빛을 발하고 자신 있을 때에는 함정을 피하지 못했고요. 불안에서는 평안이 자라고 평안에서는 불안이 자라났어요.

나 같은 사람에게는, 이런 순간들이 문제였어요. 낯익음이 낯설어지는 어느 순간, 낯섦이 낯익어지는 어느 순간. 그저 순간이라면 '잠시 멈춤' 정도로 생각하겠지만, 습관이 된 오랜 낯익음과 익숙하지 않은 낯섦이 충돌할 때, 오랜 믿음과 꿈틀거리는 직관이 충돌할 때, 옳고 그름의 판단에서 멀찍이 떨어져 나는 기쁜가 그렇지 않은가 끊임없이 자문하게 될 때, 어찌할 바를 모르곤 했어요.

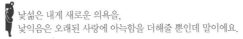 낯섦은 내게 새로운 의욕을,
낯익음은 오래된 사랑에 아늑함을 더해줄 뿐인데 말이에요.

송전탑

이렇게 우중충하게 흐린 날,
앞을 한 치도 내다볼 수도 없고
뭐가 금방 쏟아질 것만 같은 날에도
두껍고 단단한 줄을 내려
방금 받은 사랑, 망설이지 않고 모두 전하는 당신.
"후회되지 않아요?" 하는 하늘의 질문에,
"온몸으로 지나가는 짜릿함이 있잖아요"라고 말해놓고
불꽃같은 웃음을 피시식, 웃는 당신.
에펠탑보다 멋져요.

그 사랑으로 많은 사람들이 불을 켜요. 마음도 환해져요.

맞바꾸기

가슴이 답답한 날, 창밖을 내다보며 생각한다.
'이쪽이 하늘이고 저쪽이 나라면 얼마나 좋을까.'

저쪽, 탁 트인 게 나라면 정말 좋겠다.
골치 아픈 모든 일, 구름같이 흘러가면 좋겠다.
하얀 구름 위의 파란 모습이 시원하면 좋겠다.
넉넉하기 이를 데 없는 신의 마음으로 살면 좋겠다.

그때 하늘은 이쪽, 내 안에 들어와 주면 좋겠다.
내 좁은 속에 갇히지 않고 하늘로서 뭔가를 보여주면 좋겠다.
책임과 의무를 말할 필요도 없는 존재감을 보여주면 좋겠다.
소명과 사명을 양 날개로 활짝 펼쳐주면 좋겠다.

서로 제자리로 돌아갈 때에는
이쪽, 내 속에는 하늘자리가 그대로 남아 있다면 좋겠다.
저쪽, 하늘에는 내 흔적이라도 살짝 묻어 있다면 좋겠다.

하늘과 나 사이.
우리는 서로 그윽이 바라보는 중일까, 아니면 대치 중일까.

마음 부스러기

마음, 부서진 자리로 생채기가 나서 비가 새고, 한숨이 깃들고, 볼수록 아파서 싫을 때가 있다. 싫어도 수습해야 할 때가 있다.

바닥을 살펴 마음 부스러기들을 회수한다. 작은 것 하나까지 전부 줍는다. 잠시 바닥에 떨어져 있을 수는 있어도 버려질 만큼 싼 거, 아니라고 믿어본다. 그다음, 해 잘 드는 데에 펼쳐놓는다. 어두울 때 뭔가 성급하게 결정하지 않도록, 잘 말린다. 밝은 데서 활동해온 만큼 밤에는 많이 자기로 한다. 그다음, 잘 닦아서 부서진 자리 옆에 놓는다.

그뿐이다. 마술을 부려 그걸 다시 어쩔 순 없다. 새로운 사람이 와서 조금씩 붙여주든가, 새살이 돋을 때까지 참고 기다릴 수밖에 없다. "깨끗이 잊어" "힘내" 같은 속성 비법이 있다지만, "누가 그게 된답디까" 같은 부작용도 있어서 어렵다. 격려와 처방은 반드시 구분되어야 한다.

이제, 상처 난 마음으로도 할 수 있는 일을 찾아본다. 아무것도 생각나지 않으면 차라리 계속 잔다. 억지로 되는 일은 하나도 없기 때문이다. 그러나 반드시 찾아야 한다. 그래야 마음의 상처가 덧나지 않는다. 마음 부스러기들은 나에게 필요한 것이라서 남겨둔다. 버린다고 잊어지거나 저절로 사라지지 않으니까. 또 어쩌면 그 부스러기들이 당신을 지켜줄 수도 있으니까.

빨간 신호

울컥, 화부터 치미나요? 잘못이 먼저 보이나요? 세상 돌아가는 게 이상한 가요? 좋은 것부터 안 봤다는 신호입니다. 소중한 걸 놓쳤다는 신호입니다. 빨간불이 켜졌으니 브레이크가 필요하다는 신호입니다. 마음이 빈곤하다는 신호입니다.

잘한 것부터 보세요. 칭찬할 만한 것부터 보세요. 사람부터 보세요.

좋은 것으로 채워놓은 마음은 너그럽고 여유로워져서 모자라면 채워주려고 합니다. 잘못하면 용서하려고 합니다. 마음이 넉넉하다는 신호입니다.

가르치거나 판가름하려 들지 마세요. 부탁받은 적도 없으세요. 그런 자격증을 가진 것도 아니잖아요. 상처에는 아무 소용없어요.

마음 밭에도 심는 것만 잘 자라는 건 아니더군. 잡초도 자라고, 메뚜기도 자라고, 뱀이나 멧돼지처럼 싫은 것도 수시로 지나가더군. 하지만 마음 탓을 해서는 안 돼. 마음은 아직도 자라는 중이니까.
넓어지고 깊어가는 마음 마당에서 사랑, 행복, 웃음, 그리고 당신이 쑥쑥 자라고 있네.

생각의 중심

생각들이 모여 숲을 이루면
그 속에 오솔길을 하나 만들어두세요.

그리고 생각이 복잡해지면
언제든 그리로 들어가 산책하세요.

들어서서 차분히 걷기만 하면 됩니다.
'나'를 만나는 건 시간문제입니다.

길을 걷다보면 분명해집니다.
생각의 중심에는 언제나 내가 있습니다.

생각은 나뭇가지 뻗듯 갈래를 낸다. 갈라진 생각은 각각 제 갈 길을 가다가 이내 다시 갈래를 낸다. 사람의 일생은 생각의 일생. 오늘 하루는 오늘 하루 치의 생각이다. 생각은 의식이나 관념의 차원에서 머무르지 않고 시간 위에서 갈래, 다시 갈래를 낸다. 그렇게 살다가 보면 꽤 무성해질 때가 있다.

밖에서 보면 제법 그럴싸한 풍경일 수도 있다. 위로 뻗은 생각의 가지 위에 햇살이라도 얹어져 환하게 반짝거릴 때, 불어오는 바람에 생각도 모르게 리듬을 탈 때, 오래 머무른 생각과 새로 나온 생각이 함께 있을 때. 그러나 안에서 보면 여전히 초라하고 갈 길이 멀다.

그늘에서 '쉼'을 읽고 찾아내고 시원함을 누리는 것은 언제나 타인의 몫. 위로 뻗어 반짝이는 생각도 자체 발광은 아니어서 타인의 눈이 누릴 풍경일 뿐. 사람의 생각은 스스로는 외로울 수밖에 없다. 외로움이 힘겹다면 내 그늘로 찾아온 타인, 내 풍경을 보고 있는 타인을 '쉼'으로 삼는 법을 반드시 배워야 한다. 생각은 그 길로 가야 한다.

믿어볼 필요가 있다. 조금 떨어져서 보면, 나무도 숲도 자기만의 방향을 가지고 있음을. 우리도 시간의 거리를 두고 조금만이라도 떨어져서 볼 수 있다면 지금의 생각, 지금의 삶이 무엇을 원했는지 알 수 있지 않을까. 나무를 닮아가고 있는 생각이 분명하다면, 지금까지도 알지 못하는 '아주 큰 생각의 숲'을 찾으러 가서 그 일원으로 살아야 한다.

자취

맞아.
다만 나그네라네.
오래 걸었지만 아직도 멀었네.

다리가 무겁고 무릎이 꺾여
지팡이를 점점 많이 의지하게 될 때
밤하늘을 올려다보네.

나는 믿네.
밤하늘에 반짝이는 것들은
내가 여행길에 지팡이로 무수히 찍은
흔적들이라네.

나도 기억 못하는 순간들이겠지만,
아름다운 날들의 자취들이
하나씩 하나씩 하늘로 간 거라고 믿네.

아니어도 좋아.
밤하늘을 볼 때마다 언제든지
마음에서는 반짝일 테니.

어느 날 갑자기

상처,
어느 겨울날 갑자기 소포 한 꾸러미를 받았다.
여는 순간 폭탄이 터졌다.

앓을 때,
무엇보다 시간이 필요하다고 했다.
계절 옷처럼 차곡차곡 개서 마음 깊이 넣어두고
탁탁, 손을 털고도 남을 만큼의 시간.

그 시간의 끝은 언제 찾아오는지 내내 궁금했었다.

회복,
어느 봄날, 불현듯 찾아왔다.
가는 곳마다 꽃이 따라다니고 있는 걸 눈치챈 날.
더 이상 춥지 않은 걸 새삼 느끼던 날.

어른이 되었다.

아니, 어른이 되기로 했다.

마음에 저절로 그렇게 결심이 섰다.

꼭 그렇게 할 수 있을 거란 생각이 들었다.

하나하나 바람을 넣어 모아두었던 풍선을

한꺼번에 띄워 보낸 것 같은, 그런 기분.

그날부터 다시 시작이었다. 삶은.

빈 둥지

아플 때마다 삼켰던
모든 약들이 그대로 내 몸에 남고
아프게 한 것들을 모두 밖으로 쫓아버린다면

나까지 밀려나가서
해로운 것은 아무것도 안 남을지도 모릅니다.
고치거나 예방할 필요도 없겠지요.

사람, 불치여서 불멸하는.

나를 위한 일

생각하면 생각할수록 빠져드는 이 늪의 본질은 내가 약자가 되도록, 상처
받도록 내버려둔 나를 용서하지 못하기 때문이다. 원인 제공자는 원인만
제공한 채 얄밉게도 총총히 사라져버린 지 오래. 나, 한 사람만 남는다.

한 사람이다. 내가 나를 공격하다 방어하다 하면서 진흙탕보다 더 깊은 늪
에 빠져서는 안 된다. 지킬과 하이드의 싸움이 아니다. 가라앉혀야 할 건 사
랑이 아니고 미움, 기쁨이 아니고 슬픔이다. 그게 가라앉힐 마음이다. 고통
의 순환이 아니고 전환이다. 철렁, 내려앉을 마음이 아니다. 털썩, 주저앉을
마음이 아니다. 바닥으로 곤두박질칠 마음이 아니다.

마음에서 흙탕물이 가라앉으면, 마음은 본연의 모습으로 돌아가 맑아진다.
거울처럼 깨끗하고 투명해진다. 비춰보라. 들여다보면, 해맑은 내 얼굴이
보인다. 예쁘게 웃는다. 나를 위한 용서라는 게, 그 뜻이다.

흙탕물이 가라앉으면,
마음은 다시 맑아진다.
나를 위한 용서라는 게,
그 뜻이다.

인생의 황금비율

무서우면 무섭다고 하세요.
모르면 모른다고 하세요.
안 그런 척, 용기 있는 척해봐야 소용없어요.

아닌 건 아닐 뿐, 큰일 날 것도 없습니다.
사실인 건 사실로 다 인정해도 해가 안 됩니다.
그러니 보이는 대로 헤쳐 나가기만 하면 되지요.

힘닿는 한, 열심히 할 마음만 있으면 됩니다.
곁에 누가 있으면 함께 힘을 모아보고
혼자일 때는 신을 불러 힘을 더하면서.

오히려 조금 힘에 부칠 때가 더 좋습니다.
1:1의 비율은 그럭저럭 균형을 이루지만,
1:1.618의 비율은 황금의 균형을 만들어주니까요.

남다른 산책

1.
아카시아 향이 아직 남아 있을 때에
그 길로 들어섰지요.
바람이 불자 그냥 그림 같은 꽃비가 내렸어요.
하늘에, 땅에, 나무에 아카시아 천지였어요.

일어날 수 있을까, 걸을 수 있을까, 뛸 수 있을까
병원 침상에 누워 오래 생각했었지요.
그럴 때마다 생각 끝이 뭉툭하니 멍해졌어요.

오늘, 마침내 그 길로 들어섰어요.
한 걸음마다 고마운 얼굴 하나씩 떠올리며
아카시아 향 같은 웃음을
소리도 없이 한참 웃었어요.

2.

떨어진 꽃향기가 아직 남아 있을 때에
다시 그 길로 들어섰어요.

이런 생각이 들었어요.
'나의 소유였고, 내가 애써 지켜냈다고 믿었던 것들,
사실은 그들의 소유였고
그들이 날 지켜주고 있었던 것은 아닐까.'

그렇게 생각하니
내 모든 지식이 앎을 가져다주었다거나
내 무지가 모름과 같지 않다는 뜻이 되었어요.

'사는 일, 가끔 그럴 수도 있지.
절대 그렇거나 절대 아닌 일도 없는 거지.
꽃향기가 그리워 들어서는 길에
꽃잎이나 향이 남아 있어 준다면 그저 좋을 뿐.'

그것에 감사해요.
그곳에 감사해요.

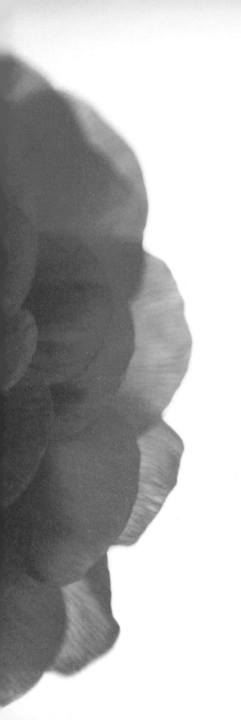

사는 일,
가끔 그럴 수도 있지.
꽃향기가 그리워 들어서는 길에
꽃잎이나 향기 나를 반겨준다면
그것만으로도 행복하지 않을까.

더

〈더〉는 분명한 자기 색깔과 향기를 가진 말에 혼돈을 주는 말입니다.
계속하여, 또는 그 위에 보태어, 어떤 기준보다 정도가 심하게, 또는 그 이
상으로 부담주는 것을 넘어 윽박지르는 짓을 하는 말입니다.

더 근사하거나 나아 보여도 실제로는 〈덜〉보다도 덜 떨어진 말입니다.
더 좋은 생각, 더 많은 물질, 더 큰 만족, 더 나은 미래. 있는 그대로의 힘만
으로 넉넉할 수 있는 말에 〈더〉가 붙어 자신, 사람들, 세상을 망칠 때가 있
습니다.

'파괴의 주문'으로 쓰면서 '생성의 주문'으로 착각할 때입니다.
그동안 보던 방법, 살던 방식은 그대로 둔 채 〈더〉를 붙여 머리를 과열시키
고, 사람들을 열받게 하는 주문입니다.

〈더〉는 뜨거운 중독입니다.
'가슴은 뜨겁게 머리는 차갑게' 살라는 것이 지혜라면 과부하의 주문은 그
만 멈춰야 합니다. 더, 더, 더…… 이제 그만 더듬어야 합니다. 바보 같아요.

귀 기울여

하늘과 산, 강과 바다, 나무와 꽃에게 듣습니다.

아침 해와 저녁놀, 구름과 빗줄기, 파도와 바람에게 듣습니다.

벤치와 오솔길, 정적과 고요, 당신의 숨소리에게 듣습니다.

마음이 나설 때에는 귀와는 아무 상관없이도 듣습니다.

쉬고 싶어.

나, 많이 힘들어.

혼자 있고 싶어.

나 좀 내버려둬.

눈물이 나.

그리워.

너, 잘 지내지?

괜찮아, 다 잘될 거야.

조금만 더 힘을 내자.

아직 끝나지 않았어.

마음이 이런 말들을 하고 싶을 때입니다.

그러면 사람의 말을 할 줄 모르는 공통점을 가진, 먼 풍경 같은

세상의 동행들이 손을 뻗어 말없이 오래 다독여줍니다.

그러면 마음은 준비해온 말을 거기 놓아두고 이내 일어섭니다.

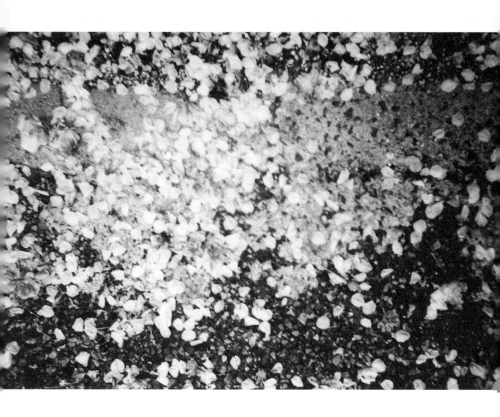

오늘도 저울질

전설 속, 마호메트의 어깨 위엔 신의 전령사 역할을 하는 비둘기가 있다.
동화 속, 후크 선장의 어깨 위엔 말도 몇 마디 하는 잘난 앵무새가 있다.
TV 속, 낸시 랭의 어깨 위엔 명품 디자이너의 이름을 빌린 고양이가 있다.

공통점이 있다. 어깨 한쪽은 여유롭게 비어 있다. 그러나 현실 속, 나의 어
깨는 양쪽 다 분주하다. 한쪽은 천사가, 또 한쪽은 악마가 쓴다. 그래서 늘
어깨가 무겁다.
오늘도 저울질은 시작된다. 기운다는 것은 한쪽이 분명해진다는 뜻, 조화
롭다는 것은 뒤죽박죽이라는 뜻이다. 이 모두 내가 하는 짓의 결과다. 그래
도 다행이다. 어쨌든 한쪽은 언제나 천사가 와 앉으니.

위태롭긴 하지만, 평화는 계속된다. 서툴긴 하지만, 사랑은 계속된다. 어깨
를 두드려주는 이는 언제나 내 보호자들이다. 달팽이관 깨진 귀 밑에 악마
가 계속 앉아주기를 바라는 마음이다. 짐짓 못 알아듣는 척이라도 좀 하면
서 살게.

밀크셰이크

잠깐만,
나를 흔들어 깨우려 하지는 마.

흔들어야
달콤하고 속 시원해질 인생이라면
대낮의 길거리에서든,
밤의 달빛 아래에서든,
난 미친 듯이 춤을 출 수도 있어.

'끄덕끄덕'이든, '설레설레'이든
누가 흔들어서 될 일은 아닐 거야.

하늘 입문

하늘을 바라보는 가장 완벽한 자세는 펴는 것이다.
몸을 펴고 땅에 반듯하게 드러눕는 것이다.
그럼, 하늘과 정면으로 마주하게 된다.

하늘을 이해하는 가장 완벽한 자세는 구부리는 것이다.
고개를 숙이고 팔과 다리를 구부리고 엎드리는 것이다.
그럼, 하늘로부터 듣게 된다.

하늘과 가까워지는 가장 바람직한 자세는 눈 감는 것이다.
눈을 닫고 마음을 열어보는 것이다.
그럼, 올라가는 것같이 하늘이 내려온다.

그리움, 늘 이런 식입니다

마무리된 일들, 마무리되었다고 충분히 인정한 일들은, 세월이 지나면 액자가 되어 잘 보이는 책상 위에 하나, 꽉 막힌 벽 위에 하나 걸립니다. 멋지게 그려진 그림 같습니다. 그림을 볼 때마다 그쪽으로 문이 열리고, 다리가 생기고, 산책로가 열립니다. 고맙고 다행이어서 마음 아늑해집니다.

마무리 안 된 채로 지나간 일들, 어쩌면 모른 체한 것에 가까운 일들은, 세월이 지나면 그림자가 되어 어둠의 이유를 뒤늦게라도 가르치려고 두고두고 마음에 걸립니다. 책장 속의 오래된 노트 같습니다. 내가 써놓고도 그때의 마음을 몰라 무슨 뜻으로 썼는지 도무지 알 길이 없습니다. 앞뒤로 몇 줄 붙여보다가 그만 나를 용서하기로 합니다.

그리움이란 거, 늘 이런 식입니다. 앞뒤가 없습니다. 좋게 생각하려 해도 앞뒤가 맞지 않습니다. 오늘도, 마무리가 되지 않습니다. 마무리됐다고 믿는 것조차도 자신이 없어집니다. 밑도 끝도 없어, 늘 여기가 시작입니다.

세 가지 마음

후회後悔, 이전의 잘못을 깨치고 뉘우칩니다.
꼭 지나고 나서야 뭐가 잘못됐는지 압니다.
처음부터 알려면 '전회'가 반대말일까요.

전회前悔, 이런 말이 있긴 한데, 그런 뜻이 아니네요.
전에 한 일을 뉘우친다는, 후회와 같은 뜻이에요.
그럼, 일 중간에라도 바로잡을 수는 없을까요.

중회中悔, 중도에서 후회하고 그만둔다는 뜻이네요.
진행 중에 뭐가 달라진다는 얘기는 역시 없네요.
어디에서도 회한悔恨을 피할 수는 없는 거지요.

사실 그게 무슨 심각한 일이겠어요.
뒤가 됐든, 앞이 됐든, 중간이 됐든
깨닫지도 못하고 뉘우치지도 않는다면 문제겠지요.

해석 나름

좋은 일은 해석이 필요 없지요.
어떻게 해석하든 좋기만 하니까요.
의견이 서로 다르거나 여러 의견이 겹치더라도
여유롭게 웃으면서 하는 얘기지요.
보이는 대로 자연스럽게 누리면 그뿐.

나쁜 일은 어떻게든 꼭 해석하려고 들지요.
그럴 줄 알았다, 그래서 그런 거다,
분명히 하나의 견해로 정리해두고 싶어 하지요.
의견이 서로 다르거나 여러 의견이 겹치면
기분 좋은 상황은 아니지요. 심지어 싸움도 나지요.

나쁜 결과를 헤쳐 나가는 꼼수는
어떻게든 좋게 해석하려고 드는 거겠지요.
아니면 얼른 무시하고 잊어버리든가요.
그게 마음 편하다면 그렇게라도 해야겠지요.

그러나 좋은 일을 대할 때처럼
달리 해석할 필요가 없었으면 가장 좋겠어요.

물 위를 걷기

잔잔한 물가에 와 있습니다.
내내 그리워하던 호숫가입니다.

외투를 벗습니다.
신발을 벗습니다.
양말을 벗습니다.

조금이라도 홀가분해질 수 있다면 좋으련만
기분이 좋으면 물장구라도 쳐보련만
들여다보는 물속은 헤아릴 수 없이 깊습니다.
마음속이야 더더욱 헤아릴 수 없습니다.

살다 보면 누구라도 깊게 패인 상처를 얻습니다.
살피지 못하고 마음 같지 않게 사는 게 문제이겠지요.
저절로 낫기도 하고, 약으로 낫기도 하지만, 곪기도 합니다.

물가로 오세요.

회한을, 자존심을, 근심을 한 꺼풀만이라도 벗어보세요.

그리고 맨 마음을 물 위에 얹어보세요.

벗으면, 물 위를 사뿐사뿐 딛고 걸어갈 수도 있습니다.

누군가 내미는 손을 잡을 수도 있습니다.

그 배에 올라 이야기꽃을 피울 수도 있습니다.

물속을 오래 들여다보지는 마세요.

오래 머물지는 마세요.

여기서, 갑자기 모든 게 분명해지고 해결되지는 않아요.

원래 자리로 돌아가 해결해야 할 일들이니까요.

양말과 신발을 신고, 외투를 챙기세요.

다시 그리운 날에 또 만나요.

살다 보면 누구라도
깊게 패인 상처를
얻곤 합니다.
그러나 그 마음에
너무 오래 머물지 마세요.

3

관계

그래,
진실이 아닌 건 곧 들통이 나

만남의 꼭짓점들을 이으면

뭘 몰라서 그렇지, 오긴 온다. 지금은 마음에서도 멀어 까마득하기만 한 '꿈'
도, 꿈같은 얘기보다는 앞서 있으나 여전히 아득한 '별'도, 별 같은 얘기보
다는 가까우나 그래도 아련한 '꽃'도, 꽃 같은 얘기보다는 훨씬 가까우나
아직 와 닿지 않는 '봄'도.

앞을 당당히 가로막고 눈을 맞추며 "나야" 하고 미소 짓던 당신처럼, 그날
은 환희로 온다. 내가 거리감이 없어서 그렇지, 틀림없이 어제, 그제보다는
좀 더 가까이 와 있을 것이다. 마음이 좀 급해서 그렇지, 그것만큼 분명한
것도 없을 것이다.

만남의 꼭짓점들을 이으면 그게 '길'이다. 나로 시작해서 나로 끝나는 길.
그사이, 당신, 봄, 꽃, 별, 꿈이 있어 걷는 동안 외롭지 않은 길. 돌아오는 걸
음이 빨라지는 것은 많이 그립다는 뜻이다. 마주쳤을 때 얼싸안는 것은 많
이 반갑다는 뜻이다. 그때 내가 웃든 울든 그건 모두 같은 뜻이다.

사람의 힘

어렸을 적에는,
선한 것을 보았기에 악한 것을 멀리했습니다.
좋은 것을 알았기에 나쁜 것을 싫어했습니다.

어른이 된 후에는,
어려운 것을 볼수록 머뭇머뭇합니다.
복잡한 것을 볼수록 갸웃갸웃합니다.

무안無顔하고 무언無言합니다.

어릴 때보다 좀 더 많이 아는 지금도
어릴 때 배운 힘이 훨씬 더 셉니다.
그래서 그 힘을 되살리며 살고 있습니다.

깃들기

글을 쓰다 보면 만년필 만지는 게 즐겁습니다. 만년필이 종류별로 살살 늘어갑니다.

만년필의 감촉은 매력이 있습니다. 오래 쓴 만년필은 길이 잘 들어 있어 좋고 선물 받은 만년필은 각인된 정성이 정겹습니다. 굵은 촉의 만년필에서는 힘이 와 닿고 가는 촉의 만년필에서는 섬세함이 느껴집니다. 묵직한 만년필은 글에 무게감을 주는 듯하고 가뿐한 만년필은 글씨도 날렵합니다.

만년필에 잉크 넣는 날은 왠지 속도 든든합니다. 잉크는 먹색과 청색을 섞어, 짙은 청색을 만들어 씁니다. 잉크 색에 내 나이, 중년이 깃드는 모양입니다. 손에 묻은 잉크는 잘 지워지지 않지만, 잊고 지내다 보면 이내 사라집니다.

만년필로 쓴 노트가 점점 늘어갑니다. 나중에 딸들에게 반씩 나눠줘야지, 마음먹다가 글이 왜 정직해야 하는지, 진솔해야 하는지, 주인공은 누구인지, 어떤 이야기여야 하는지, 곰곰이 생각해보게 됩니다.

만년 사람, 눈사람처럼 웃는 얼굴로 아내와 아이들의 가슴에
오래 남을 만한 사랑 이야기를 꾹꾹 눌러씁니다.

그 마음, 버리시길

사람에게는 칼이 있다.
손잡이가 없는, 양 끝이 모두 날만 있는 칼.
사람 마음을 찌르는 칼은 모두 이렇게 생겼다.

날을 날카롭게 세우면 세울수록
서슬을 시퍼렇게 세울수록
힘주어 찌르면 찌를수록
깊숙이 찌르면 찌를수록
찔리는 사람만큼, 찌르는 사람도 다친다.

칼을 들 때에는 그 사실을 곧잘 잊는다.
이런 칼에 어울리는 칼집을 구하러 헤매 다니지 마시길.
그냥, 무조건 버리시길.

진실이 아닌 건 곧 들통이 나

여름 나고, 겨울 나니 이제 생각 나. 지난 계절, 지낸 일이 유별났지. 지난 시간, 겪은 일이 엄청났지. 가슴은 산산조각이 나, 화가 나, 구멍이 나, 큰 홍수가 났지.

그래, 진실이 아닌 건 곧 들통이 나. 그걸 모른 체하다가는 결국 탈이 나. 그 래서 내내 갈증이 났던 거야. 결판나니 이리도 자유로운 거야. 거짓을 거부 한 다음이란 이렇게 분명한 거야.

다시 여름이 오고 나니 이제는 힘도 나. 진실의 싹이 나, 빛나, 일어나, 전쟁 이 나도 이겨낼 용기가 나. 그래, 그게 나야. 나는 나야. 자, 당신도 얼른 일 어나. 나 몰라라 하면 그때 내 꼴 나.

손끝

꼬깔콘을 끼운 손끝, 봉숭아로 물들인 손끝,

콧구멍으로 들어가는 손끝, 케이크 크림을 찍은 손끝,

고추잠자리에 최면을 거는 손끝, 벨을 누르는 손끝,

방향을 가리키는 손끝, 다른 손끝과 만난 손끝.

뭐, 이런 손끝도 있었지요.

그 옛날, 마음으로 당신을 콕 찍은 손끝,

하지만 둘만 있게 되었을 때 정작 손끝도 못 댄 손끝.

손끝에서 시작된 일이 의외로 많네요.

만남의 기적

'못 만날 기적'은 없다. 가고 오는 한 결국 만난다. 외로움이 깊어진 아픈 여정이었다 해도 서운할 일 없다. 서로 '만날 기적'을 얻기 위해서였으니. 당신은 당신 자리, 나는 내 자리에서 기다리는 것. 겪어보면 이게 가장 무서운 일이다. 여기에는 어떤 기적도 없다. 만날 기적을 보기 전에 잊을 날이 먼저 올 테니까. 나중에는 서로 영 몰라볼 테니까. 당신이 내게, 내가 당신에게 오가는 날들, 그 모든 시간과 그 모든 여정, 그 모든 마음이 이미 기적이다.

단 한 사람

외로움. '단 한 사람'만 곁에 있어도 이 말은 절대로 성립하지 않는다. 열쇠는 '단 한 사람'이다. 그뿐이다. 동의할 수 없다면 외로움이 아니라 그냥 욕심이다. 동의한다면 두 사람 이상은 그냥 축복이다. 잘 모르겠다면 실존의 고독일 수도 있다.

'단 한 사람'을 만나본 적이 있는가.
'단 한 사람'이 되어준 적이 있는가.
그 '단 한 사람'에게 감사하고 있는가.
그 '단 한 사람'을 아프게 한 적은 없는가.

아내나 남편을 두고 하는 말, 부모나 자식을 두고 하는 말이 아니다. 지금, 당신 앞에 있는 사람을 두고 하는 말이다. 매일, 만나면서도 인정하지 않는 '그 사람', 항상, 마주하면서도 행인처럼 여기는 '그 사람', 당신이 외롭게 만든 '그 사람'을 두고 하는 말이다. 신도 외롭게 만드는 특별한 재주를 가진 게 사람이 아닌가.

각별

각각이 모두 별이에요, 사람은.
혼자여도 함께여도 언제나 환해요.
자체가 빛이고
모이면 빛 덩어리가 되니 그래요.

홀로 있으면 섬이 될까,
미리 근심할 것도 없어요.
외로운 날에는 그저
빛의 말로 반짝이는 소식을 전하세요.

나 여기 잘 있다고,
나 여전히 나답게 환하다고,
조만간에는 한번 모여
아름다운 파티도 열자고.

내가 인정해줄게요.
당신의 눈과 미소만 빛나는 게 아니었어요.

햇복

가슴이 벅차오르고 두근두근한 행복은
공통점이 있습니다.
당신이 좋아하는, 모든 시작에서 발견됩니다.

기다리던 사람을 막 만났을 때에,
기다리던 소식이 막 도착했을 때에,
좋아하는 일을 막 펼칠 때에,
좋아하는 요리가 막 나왔을 때에,
좋은 계절이 막 돌아왔을 때에,
좋은 마음으로 막 바뀔 때에,
당신이 같은 표정을 짓는 것으로 보아 알 수 있습니다.

햇살같이 환하고 발그레하던,
햇과일처럼 풋풋하고 싱그럽던 표정 말입니다.
그래서 '햇복'이라고 한번 불러봅니다.

햇살처럼 싱그러운
당신의 미소가
세상에서 가장 예쁩니다.

눈높이 위로

가장 좋은 위로는
눈높이를 맞추는 것입니다.

눈높이가 맞으면
대화,
이해,
동행이 됩니다.

눈높이가 다르면
앞뒤,
좌우,
위아래로 나뉩니다.

눈높이는
눈시울로 맞춥니다.

뜨겁거나, 젖어들거나, 붉어지면

척척 잘 맞습니다.

주는 마음, 받는 마음이 같은 게 위로입니다.

그들은 늘 내 뒤에 있었다

보이는 대로, 가려는 대로 앞이 척척 열리는 게 내 힘인 줄 알았다. 부정과 무의미의 말들이 슬금슬금 비켜주는 게 내 지혜인 줄 알았다. 힘겨울 만한 일들, 모르는 일들이 무섭지 않고, 거리낌 없는 게 내 재주인 줄 알았다. 앞, 옆, 위, 어디를 봐도, 무엇을 어떻게 해도 자신 있었다. 그런데 뒤가 있었다.

뒤에 있었다. 부모님과 신과 사랑이 지켜보고 있었다. 소중하고 아름다운 기억들이 모여 있었다. 맨 앞으로 간 사람들 뒤에는 이름도 빛도 없는 고마운 스태프들이 있던 것처럼.

내 것도 아닌 것이었다. 늘 뒤를 돌아보면 안 되는 줄로만 알았다. 돌아보면 울음을 터뜨릴 것만 같았다. 이제야, 돌아보고 손을 흔들어주고 있다. 용기를 선물해준 모든 분들에게. "고마워요."

새끼발가락 걸기

새끼손가락을 걸고 꼭꼭 약속해본 적 있나요.

그럼, 새끼발가락을 건다는 게 얼마나 대단한지 알 거예요.

새끼손가락 걸기는 좀 친하면 할 수 있지만,

새끼발가락 걸기는 그 정도론 어림없잖아요.

손가락 정도가 따라올 수가 없어요.

한 수 위가 분명하지요.

새끼손가락을 걸 때에는 다음 할 일이 부담이지만

새끼발가락을 걸 때에는 저절로 웃음만 터지지요.

그냥 그뿐이지요. 그런데 죽어도 못 잊을 걸요, 아마도.

아무래도 더 사랑해야겠다

아는 사람은 점점 늘어나는데 가까운 사람은 점점 줄어드는 듯싶다. 곁으로 다가오는 사람의 속도가 곁에서 떠나가는 사람의 속도를 못 쫓아오는 듯싶다. 새로이 사귀는 사람의 수보다 떠나가는 사람의 수가 더 많은 듯싶다. 기억하고 싶거나 잊고 싶은 것과 상관없이 추억이 되니 나이가 들긴 좀 든 듯싶다.

나는 누군가에게 어떤 사람일까 싶다. 아는 사람일까, 가까운 사람일까. 곁으로 다가가는 사람일까, 곁에서 떠나가는 사람일까. 새로운 만남의 사람일까, 추억 속의 사람일까. 아무래도 사랑한 사람을 더욱 사랑해야겠다. 더 늦기 전에 사랑할 사람 수를 좀 더 늘려야겠다. 얼른, 사랑 속도를 좀 더 올려야겠다.

친구

서로 모를 때 친구가 된다.
알고 난 다음에는 이미 늦다.
그 자리에서 아무도 기다리지 않는다.
나만 그런 게 아니다.
당신도 그렇다.

서로 모를 때 친구가 되라.
알아가는 기쁨이 있다.
알아가다 보면
알려고 친구 삼은 게 아니라는 것도
알게 된다.

친구 안에 답이 있었다.
그저 오래 친하게 지내려고,
생각만 해도 왠지 좋기만 해서
우린 친구가 됐다.

담과 벽 너머

자신의 틀이 견고한 사람이 있다. 답답하고 안타까웠네, 하는 상투적인 얘기를 하려는 게 아니다. 그의 틀은 어찌나 견고해 보이는지 벽과 담 같았다. 그를 만날 때마다 궁금했다. 담과 벽 너머에 무엇이 있을까. 그 틀 안의 부피만큼 이 세상 한 부분을 차지하고 있겠지, 싶었다. 그에게는 또 창과 문도 보였다. 잘 안 열렸네, 굳게 닫혀 있었네, 하는 얘기 쪽으로 가려는 게 아니다. 문과 창은 그의 생각에 나름 적절한 때마다 열렸을 것이다.

그는 바로 나이며, 또는 당신이기도 하다. 정도의 차이만 좀 있지, 외형은 크게 다를 바가 없다.

이제 그 안을 이야기해보자. 자신밖에는 누구도 모를, 또는 자신도 모를 속 이야기를. 밖에서는 아무리 봐도 모를 속, 어떻게 알까. 무언가 벌어져야 안다. 무슨 뜻이 되려는지 기다려봐야 안다.

만약 당신에게 손을 펼쳤다면 옆으로 세워 내밀었는지, 바닥을 보이며 내밀었는지, 그 손을 잡았는지, 뿌리쳤는지, 무엇을 쥐어주었는지, 무엇을 받았는지, '덥석'이었는지, '마지못해'였는지, 두고두고 좋았는지, 생각날수록 싫었는지 말이다. 정말 어느 때는 손이 중요하지 않을 때도 있다.

틀이 완전히 무너지고, 문과 창이 활짝 열릴 때쯤 되면 사람은 겉과 속이 합

처져 한 줌 흙이 된다. 흙 위에는 그의 매끈한 완고함을 기념하기 위해 예쁘게 깎은 돌 하나를, 이름을 새겨 얹어둔다.

주연과 조연

외로울 때는
함께 있어줄 이가 그립지요.
멈칫하면 같이 멈춰주고
다시 걸으면 보조를 맞춰주고
이야기하고 싶으면 가만히 들어주고
힘들 때 따듯하게 위로해줄 이.

꿈 깨세요. 주인공 곁에서
원할 때마다 명품 조연이 되어줄 이는 없어요.

남편은 남편 자리, 아내는 아내 자리,
부모는 부모 자리, 자녀는 자녀 자리,
친구는 친구 자리, 동료는 동료 자리,
자기 자리에서 당당히 주연으로 사는 이들이지요.
그걸 인정할 때 비로소 동행은 동행다워집니다.

외로운 이와 함께 있어주세요.

멈칫하면 잠시 기다려주고

다시 걸으면 속도를 조절해주고

이야기하면 고개를 끄덕여주고

힘들어할 때 도움의 기억을 되살려주세요.

이런, 독한 것!

독한 것을 나쁜 것으로 착각하는 사람들이 있습니다. 그럴 리가요. 독을 지닌 것들을 생각해보세요. 식물이든 동물이든 독이 생긴 이유는 공격하기 위해서가 아니라 자신의 몸을 지키기 위해서입니다. 독이 없으면 스스로를 방어하기 힘들 정도로 약하다는 뜻입니다.

그러니 원인 제공자 여러분께 부탁드립니다. "독하게 만들지 마세요"라고요. 독을 사용할 수밖에 없게 만들어놓고 잘못된 사람으로 몰지 마세요. 조심성 없이 독을 만지거나 먹어놓고 남을 탓하지 마세요. 독을 품었지만 알고 보면 상처도 깊고, 마음도 약한 사람들이에요.

그리고 독한 마음 품고 독하게 사는 분께도 부탁드려요. 가능하면 당신을 독하게 하는 사람 곁을 떠나세요. 그 곁을 지키는 한 인과관계를 끊을 수 없어요. 나날이 새로운 원인과 결과가 계속될 거예요. 떠날 만한 여건이 아니라면 지혜롭게 잘 피해가세요. 숭고한 신념을 갖고 있으시다면 꿋꿋이 이겨내세요. 독은 자신에게만 쓸개처럼 쓰세요. 고사성어 '와신상담臥薪嘗膽'을 두고 하는 말입니다. 교훈과 같은 약이 되고, 험한 세상을 헤쳐 나갈 강한 일념을 만들어줄 거라 믿어요.

곁에는 '나에게만 좋은' 사람 말고
'서로 좋은' 사람을 많이 늘려 가세요.
당신에게서 독이 빠져나가게 할 사람들입니다.
당신을 강하게 만들어줄 일념의 훌륭한 근거가 될 겁니다.
또한 당신의 노력이 결실을 맺어 그들도
더욱 착하게, 강해질 수 있습니다.

4

사랑

고통에서 나온 사랑도 사랑,
사랑에서 나온 고통도 사랑

빗방울이 떨어질 때

비가 내린다.
들고 있던 우산을 펼친다.

나에게로 곧장 날아와
떨어지는 빗방울을 우산이 막아주고 있다.

우산을 던져버리고
빗속을 달리는 내 모습을 그려본다.

푹, 젖고 싶어서가 아니다.
슬플 때, 아플 때, 외로울 때의 내가 아니다.

너무나 기뻐 환호하며
비를 뚫고 내달리는 내 모습이다.

한걸음에 당신 곁으로.

"Because I'm free. Nothing's worrying me."
_《Rain drops keep falling on my head》

커피 탓

커피를 찾는다는 건 속이 그만 시커멓게 탔다는 거.

커피가 늘었다는 건 온통 탔으니 속상하다는 거.

커피가 종류대로 다 당긴다는 건

이거, 도무지 내 속도 모르겠다는 거.

잠이 안 온다는 건 속을 열어 들여다보고 있다는 거.

다시 일어난다는 건 커피가 더 필요하다는 거.

커피가 끓는 동안 속도 같이 끓고

커피가 우러나는 동안 속도 같이 녹고

향기가 퍼지는 동안 속도 같이 잔잔해지고

커피를 마시는 동안 속이 풀어지고.

커피를 좋아한다는 건 어떻게든 한번 또 감당해보겠다는 거.

당신을 사랑한다는 건 바로 이런 거.

요즘, 커피가 부쩍 늘었다. 종류별로 다 사랑스럽다. 외로움이 깊어지면 커피가 늘게 된다는 말, 어디선가 주워듣고서야 알았다. 그리움의 말이 밖으로 쏟아지려고 할 때, 한 모금 마시면 입안에서 스르르 녹아버리니까.

복잡한 그리움에는 아메리카노가 좋다. 무슨 색이든 간에 입속에서 만나면 진한 갈색이 되어 아련한 추억의 빛깔로 남는다. 삭막한 그리움에는 카라멜 마키아또가 괜찮다. 달콤하게 달래주면 입 속에서 우윳빛 거품이 되어 아늑한 추억의 빛깔로 남는다. 그리움을 쏟아낼 때에는 인스턴트 봉지 커피가 그만이다. 투덜거리며, 후르륵거리며, 입 밖으로 탁탁 털어버리고 씩씩하게 오늘 하루를 보낸다. 또 있다. 잠이 안 오는 그리움에는 디카페인 커피를. 모든 그리움에게, 커피 향기는 내 마음의 선물.

커피를 찾는다는 건

속이 그만 시커멓게 탔다는 거,

당신을 사랑한다는 건

이렇게나 어렵고 아픈 일이라는 거…

온on, 溫

둥실
불쑥
방긋
덥석
활짝
와락
뭉클
한껏

마음이 밝아집니다.
사랑이 가득해집니다.
여운도 오래 따뜻합니다.
어느 구석도 어중간하지 않습니다.
망설임을 넘어선 표현들이니까요.

둥실 떠오른 당신,

불쑥 찾아가
방긋 웃으며
덥석 손을 잡고
활짝 두 팔을 벌려
와락 안아줍니다.

뭉클 솟는 기쁨,
한껏 나누면서.

우리는 새로운 것들에 대해서는 눈을 반짝이며 요목조목 잘 살펴보지만 오래된 것에 대해서는 그리 관심을 보이지 않습니다. 특히 자신이 가장 잘 안다고 생각하는 것에 대해서는 주의 깊게 들여다보지 않고 지나칩니다. 앎의 착시현상이지요.

눈 감고도 찾을 수 있는 곳. 그러나 사실은 잊은 곳. 그곳은 대개 귀한 걸 모셔놓은 곳이기도 하고 모락모락, 추억의 연기가 올라오는 곳이기도 합니다. 오래 방치해둔 보물상자를 가끔씩은 열어보세요. 낯선 새로움과는 다른, 낯익은 즐거움들이 들어 있습니다.

사랑이란 게 딱 그렇게 보여요. 사랑에 입장할 때의 기쁨, 사랑 중일 때의 기쁨, 사랑을 돌아볼 때의 기쁨, 사랑을 간직할 때의 기쁨이 어떻게 서로 비교될 수 있을까요. 다 좋기만 한데.

새로운 것들은 불현듯 찾아와 삶을 설레게 하고, 시간이 지나 더 새로운 것들이 찾아오면 흔쾌히 자리를 내주고, 의젓하게 귀향해 당신의 보물상자로 모이고 있습니다. 열기만 하세요. 새삼 새로운 것을 볼 수 있으니까요. 은근히 묵혀진 맛과 진한 향이 정겨울 거예요. 새로운 것들은 언제나 가슴을 뛰게 하지만 다시 발견하는 것들은 가슴을 뭉클하게 합니다.

"눈부시게 해줄 테다."

창으로 햇살이 가득 쏟아지던 어느 아침.
아내가 옆으로 지나가는 듯하다가
갑자기 내 머리를 잡아 창가 쪽으로 휙 돌리고는
손가락으로 내 눈을 집어 크게 벌렸어요.
그러고는 윽박지르듯 말했지요.
"눈부시게 해줄 테다."

이심전심 以心傳心

덧심.
이전까지의 사랑에
오늘 하루 치 사랑을 더해드려요.

뺄심.
사랑도 없는 사랑니,
앓던 이 같은 일들일랑 빼버리세요.

곱심.
살다 보면 아픔보다
몇 곱절 큰 기쁨도 만날 거예요.

나눔심.
내일이면 또 쌓일 사랑,
내일 만나서도 함께 나눠요.

기다리는 방법

하늘길이든
바닷길이든

수천수만 개의 길이,
매일매일 새로이 펼쳐진다 해도
시시각각 달라진다 해도

그리운 당신이
어느 길로 오는지 알고 있기에

나는 길 하나만 봅니다.
뿌예지려는 눈을 자꾸 비비며
뚫어지도록 바라봅니다.

이 세상의 모든 풍경이
당신을 위한 배경으로 준비되어 있습니다.

평생 인연

당신이 가던 길 가고 내가 가던 길 갈 때였어요. 하필 당신이 가던 길이 내게는 오는 길이었고 하필 내가 가던 길이 당신에게는 오는 길이었어요. 중간쯤에서 만나고 보니 두 길 중 한 길을 포기할 수는 없었어요. 같은 길을 가고 싶으면 새 길이 필요했어요.

그러니 이제는 '우리 길'을 가요.
당신이 가는 길이 이제 내 길이고 내가 가는 길이 이제 당신 길인 거지요.
만약 당신이 가던 길 가고 내가 가던 길 계속 갔다면 '내가 가는 길이 저 사람에게는 오는 길이군' 하며 못 본 척 지나쳐서 한없이 멀어졌겠지요. 각자 반대쪽으로 가면서 '거봐, 서로 길이 달라' 했겠지요. '거봐, 내 생각이 맞았지' 했겠지요. 가던 길 방향으로 가는 사람만 애타게 찾았겠지요.

인연이라는 게 참 신기해요. 당신이 꾸는 꿈이 이제 내 꿈이고 내가 꾸는 꿈이 이제 당신 꿈인 거지요. 당신이 웃으면 내 기쁨이고 내가 웃으면 당신 기쁨이지요. 내가 슬프거나 아프거나 화내거나 울 때에는, 부디 용서하세요. 당신이 활짝 웃어주면 다 사라질 거예요.

사랑은

기대어봐야 안다.
온전하게 기댈 때에야 비로소
엄마 품의 아이처럼, 기억날 것들이 많다.
무너진 게 뭔지, 무엇에 허물어졌는지,
약한 게 뭔지, 무엇이 약하게 만들었는지,
그리운 게 뭔지, 지금 곁에 누가 있는지,
감사할 게 뭔지, 그게 왜 그리 좋은지.

기대어올 때 안다.
온전하게 안아주면서 비로소
부모 마음처럼, 기억날 것들이 많다.
잡아 일으켜야 하는지, 가만히 지켜봐야 하는지,
용기를 북돋아줘야 하는지, 쉼을 줘야 하는지,
그리운 것이 기다림의 때인지, 달려가야 할 때인지,
정말 좋은 게 도움의 손인지, 돕는 이의 미소인지.

오고 가야 정말 안다.

따뜻할 거야, 위로가 되고 힘이 될 거야,

든든해서 참 좋을 거야,

지난 경험으로, 머릿속에 그려져서, 꿈꾼다고

알게 되는 것, 알아지는 것이 아니다.

오가는 걸 봤다고 알게 될 일, 더더욱 아니다.

오직 지금 당신이 생생하게 겪고 있는

이 순간, 이때가 바로 사랑이다.

사랑이란
경험으로 알아지는 게 아니다.
오직 당신이 생생하게 겪고 있는
이 순간, 이때가 바로 사랑이다.

너를 부른다, 사랑

스스로 펌프질을 했지요.
그게 피라는 사실에 가슴 뛰었어요.
뜨거운 것을 좋아했지요.
그래서 피가 붉을 수밖에 없었어요.

머리가 영 못 따라오면
대신 왼쪽 가슴을 쑥 내밀었지요.
마음이 사는 곳이라 믿었어요.
정情이 든 곳이기에.

피가 몸을 한 바퀴 돌면서
생生의 뜨거움을 구석구석 전하도록
거듭 긴장하고 이완했지요.
고동치는 꿈들은 여기서 시작됐어요.

먹먹하면 슬픈 비가 내렸지요.

설레면 기쁜 파도가 쳤지요.
시려도 절대 차가울 수가 없었지요.
믿음은 잔잔한 강과 같았지요.

당신을 처음 봤을 땐 멎을 뻔도 했어요.
그 기억을 지금도 곱게 품고 있고요.
세월이 지나도 온몸이 또렷이 기억하도록
평생 해볼 만한 펌프질을 했지요.

이 모든 게 쿵쾅쿵쾅 모여, 사랑.

뜨거운 피가 용솟음쳐 온몸 구석구석으로 퍼져 나가, 지구를 몇 바퀴 돌고
도 남을 긴 핏줄을 타고 흘러 다니다가 간절한 마음이 하늘 끝에 닿아 열린
그리움의 길로 들어간다. 우주를 몇 바퀴 돌면서 배운 영혼의 빛도 다 소용
없는 건가. 너 한 바퀴를 채 돌지 못해 서성인다, 사랑아.

아무도 신경 쓰지 마라. 별일 아니고 내 일이다. 보이지 않는다고 없는 게
아니라서, 보지 않는다고 그만둘 일 아니어서, 피는 여전히 뜨겁고 마음은
하늘로 간다. 여한도 없고 변함도 없을 사랑아.

별 중의 별, 나의 사람

원래 자기가 거주하는 별은 얼마나 빛나고 아름다운 별인지 잘 몰라요. 거리를 두고 직접 눈으로 본 적이 없어서요. 보지 않고서는 와 닿지도 않고요. 만약 근처에 다른 별에 사는 존재들이 있다면 이 별을, 마법의 별이라고 여기며, 매일 바라보며, 초록빛깔 꿈을 품고 살고 있을지도 몰라요. 온 우주에서 가장 아름다운 별로 믿으면서요.

그게 늘 그렇잖아요. 가까이 있는 소중한 것, 곧잘 놓치잖아요. 멀어진 다음에 뼛속까지 저릿저릿, 아프잖아요. 다시 찾으려고 애쓰고 떼쓰잖아요. 사랑의 처음을 떠올려봐요. 사랑이란 게 정말 있긴 있구나, 배웠지요. 사랑의 끝을 예감해봐요. 사랑이란 게 정말 굉장하구나, 고백하지 않겠어요?
고운 의미가 가득하고 꿈결 같고 현실이 분명한 기억이었지요. 행진곡 소리에 맞춰 꽃길을 걷던 일을 떠올려봐요. 오르막길, 내리막길, 평탄한 길이 반복되지만, 꽃길은 여전히 끝나지 않았어요.

미안해요. 가슴을 차오르게 한 말들을 이제야 꺼내요. 안 꺼낸 거, 못 꺼낸 거, 도로 집어넣은 거, 꺼냈다가 얼버무린 거, 꺼내놓고 책임 안 진 거, 모두요.

내가 가장 멋진 때를 유일하게 아는 사람이 당신이랍니다. 당신이 가장 예쁜 때를 유일하게 아는 사람이 나랍니다. 고마워요. 언제나 나를 환하게 해준 사람. 언제나 곁에서 나를 믿어준 사람. 별 중의 별, 나의 사람.

저 둘 수 없다는 것에
더 많은 물리에게
헤어가 되어 줄 거야.

세상의 모든 사랑은 상투적이다. '늘 써서 버릇이 되다시피 한' 사전적인 의미, 근처도 못 가보고 유효 범위 안에서조차도 충실하지도, 충분하지도 못한, 배운 게 도둑질이라서 끝낼 수도 없고 사람이라면 쉽사리 포기가 되지도 않는, 일단 시작만 해놓고 갈 곳을 몰라 하는 어정쩡한 마음.

버르장머리 없고 바라는 것도 없을 때가 좋았다. 그 순진할 정도의 호기로움이 그립다. 이 세상에서 가장 아름다운 당신이 나를 따라올 정도로, 나에게 평생의 모든 것을 걸 정도로 매력이 있었다는 것 아닌가.

그 용기도 지금 생각하면 하늘로부터 받은 선물. 꿈으로, 현실로 거침없이 받은 하늘 선물이 얼마나 많던가. 때로 혼자 초라해지고, 의기소침해져 울고 싶을 때 받은 복을 하나씩 하나씩 헤아려본다. 숱한 산 이름을 외우고 다니는 은발 청춘들처럼 초조하지 않게, 천천히 음미하며, 한 산 한 산 산책하듯, 소풍 가듯.

가진 것을 지켜내기 위해 살지 않겠다. 이제는 반드시 지킬 만한 것을 지키며 행복하게 살겠다. 옛날 스타일이라고, 뻔한 이야기라고, 오해를 해도 좋고 누명을 써도 억울할 일 없다. 결심이 시퍼렇게 선 이 사랑. 사랑하면, '별 이야기'가 아닌 게 아니다.

욕심내기

사랑이 그립거든 꽃을 좋아하는 사람을 찾아보세요.

아니, 그것보다는 꽃을 키울 줄 아는 사람이 좋겠지요.

아니, 그것보다는 꽃을 피울 줄 아는 사람이 좋겠어요.

아니, 그것보다는 꽃말을 많이 아는 사람이 좋겠어요.

아니, 그것보다는 꽃에게 말할 줄 아는 사람이 좋겠어요.

아니, 그것보다는 꽃이 말을 걸고 싶어 하는 사람이 좋겠어요.

아니, 그것보다는 꽃과 잘 어울리는 사람이 좋겠어요.

사랑을 찾으시거든 꽃이 좋아하는 사람을 만나보세요.

생각할수록 한 얼굴만 계속 떠오른다면
이제, 그를 만나러 가세요.

사람과 풍경

홀로 여행을 합니다.
이곳저곳에서 사진을 찍습니다.

사람이 주인공일까요.
풍경이 주인공일까요.

사람이 먼저 떠올랐다면
가슴속에 각인된
정겨운 표정과 포즈가 있다는 거지요.
사랑의 이야기로 남습니다.

풍경이 먼저 떠올랐다면
가슴속에 세워둔
이젤과 캔버스가 있다는 거지요.
그리움의 이야기로 남습니다.

사진을 버린 적이 있으신가요.

사람 때문인가요.

풍경 때문인가요.

아니겠지요.

이야기로 남은 것들 때문이겠지요.

네모난 틀 밖에

그대로 남겨둔 것들 말입니다.

사랑의 앞모습은 열정이다. 밝고, 희망적이고, 용감하고, 생동한다. 사랑의 뒷모습은 신중하다. 깊고, 진실하고, 성실하고, 잔잔하다. 어느 사랑마다 앞과 뒤의 모습을 다 가졌다. 꼭 그렇지 않아 보인다면 보인 것만 본 거다.

사랑에 고난이 오면 갑자기 궁금한 것이 많아진다. 앞쪽에서 풀어야 할까? 뒤쪽에서 풀어야 할까? 그게 뭔지, 뭘 의미하는지 아는 쪽이 나서서 건네받아 주는 게 좋다. 고통에서 나온 사랑도 사랑, 사랑에서 나온 고통도 사랑이라서 그렇다. 앞은 뒤를 믿어주고, 뒤는 앞을 받쳐주는 사랑을 해본 사람이면 안다. 앞뒤 없이 덤빈다고 될 일은 아니다. 사람과 풍경에 사랑 이야기를 얹어본 사람은 안다.

그리움에 닿다

처음 그리움은 얼굴에 닿기 전에 뭘 본 듯하고, 코끝이 찡하고, 위로 솟구쳐, 눈이 시큰하고 눈물이 맺혀 떨어지고, 이제 아래로 내려가, 목이 메고 피눈물을 넘기고, 가슴 시려 마음이 가라앉고, 더 내려가, 무릎과 다리가 꺾여 땅을 치지. 그러면 죽을 것만 같지.

다음 그리움은 하고 싶은 말이 생각나면 펜을 들지. 몇 줄 못 쓰면 시가 되고, 봇물이라도 터지면 긴 편지가 되지. 시가 될 때가 아프지, 편지가 될 때에는 괜찮아. 시는 몇 줄로도 채찍이 되고 칼이 되지만 편지는 그냥 벽과 담이 될 뿐이니까. 지금 그리움은 마음이 잔잔하고 아플 것도 없지. 날카로운 말도, 답답한 말도 떠오르지 않지. 무언가 와 닿는 것도 그냥 일상이기 때문이지. 웃음도, 눈물도 훔치고 나면 그만이지. 가끔 그런 생각을 하지. 그때 내가 이랬다면 더 잘했을 텐데. 사랑도, 이별도 따뜻하고 포근했을 텐데.

맨 나중 그리움은 많은 사람에게 감사 인사를 하느라 정신없겠지. 용서, 얼마나 많이 받아야 하는지 모를 거야. 내가 사소하게 여겨 기억도 못하는 일을 또렷이 품고 있지는 않았으면 좋겠네. 상처가 아니었으면 좋겠네. 만나면 또 좋고 반가울, 사랑이었으면 좋겠네. 그게 아주 절절히 그리울 거야.

내가 당신에게, 당신이 나에게

내가 아는 것과 당신이 아는 것, 내가 믿는 것과 당신이 믿는 것, 내가 사랑하는 것과 당신이 사랑하는 것, 내가 느끼는 것과 당신이 느끼는 것이 같을 수 있지 않을까 기대할 일은 아니다.

당신 가슴과 내 가슴에 하나도 다르지 않게 똑같은 것이 있다 할지라도 가슴을 열고 꺼내 짝 맞추듯 대봐야 안다. 사실은 거기까지 가지 못하고 어림짐작만 하지는 않는지. 맞춰보면, 각자 내놓은 것의 모양이 다를 수도 있다.

조각난 이쪽을 내가, 조각난 저쪽을 당신이 지녔다면, 자루를 내가, 날을 당신이 지녔다면, 열쇠를 내가, 자물쇠를 당신이 지녔다면, 그리움을 내가, 목마름을 당신이 지녔다면 어찌할 텐가. 그럼, 우리는 기쁘게 서로 기댈 수 있지 않겠는가.

사랑이 여행인 이유

여행은
누군가에게 구구절절
설명할 것들을 찾으러 가는 게 아니다.

여행자는
숙련된 가이드가 아니다.

여행은
공허하고 무모한 데서 시작해서
채움과 쓸모를 배워가는 순간순간의 과정이다.

그래서 사랑이
여행일 수밖에 없는 거다.

사랑한다는 말

건축 용어가 맞겠네요.

사람을 세워주니까요.

뼈 있는 말 아닌 뼈대 있는 말.

의학 용어일지도 모르겠네요.

사람을 치유해주니까요.

누구 대신이 아닌 원래 주인인 말.

예술 용어인가요.

사람을 꿈꾸게 하니까요.

시공 초월이 아닌 삶에 색을 입힌 말.

철학 용어일까요.

사람임을 깨닫게 하니까요.

욕심이 아닌 양심에 빛이 되는 말.

난, 신앙 용어로 정했어요.

이미 사랑에 빠진 지 오래여서요.

미움의 반대말이 아닌 생명이 담긴 말.

앞 옆 뒤

당신이 옵니다.

앞 옆 뒤
옆 뒤 앞
뒤 앞 옆
앞 옆 뒤

마음이 당신 주변을 맴돕니다.

당신을 너무나 사랑해서.
앞모습, 옆모습, 뒷모습,
아무리 봐도, 또 봐도 사랑스러워서.

마음은 당신이 고맙습니다.

고개 들면 내 앞에서 웃어줘서.

늘 내 옆에서 웃어줘서.

돌아보면 내 뒤에서 웃어줘서.

그래서 마음이 당신을 한참 바라봅니다.

당신의 앞을 열어주고 싶어서.

당신의 옆을 따스하게 해주고 싶어서.

당신의 뒤를 받쳐주고 싶어서.

앞 옆 뒤

옆 뒤 앞

뒤 앞 옆

앞 옆 뒤

당신이 늘 있습니다.

나도 모르게

가만히 앉아 당신을 생각하고 있습니다.
오래된 정겨운 사진을 들여다볼 때와 비슷합니다.
정지된 이 장면에서 보이지는 않겠지만
내 마음은 매우 바쁩니다.

당신 생각으로 말랑말랑해진 마음에서
한 주먹, 밀가루 반죽 같은 게 쓰윽 나옵니다.
마음은 그걸 매만지고 주무르고 다듬어
눈이 초롱초롱한 새 한 마리를 빚습니다.

이제 마음의 새는 하늘로 향합니다.
날갯짓을 하며 당신에게로 힘차게 날아갑니다.
마음의 비행을, 몸이 함께 느끼고 있는 중입니다.
멍해 보여도 좋습니다. 이런 아늑하고 아련한 행복.

5

인생

가뿐하게,
우주의 씨앗처럼 살고 싶다

동상이몽

사실,
오늘도 끼니마다 잘 먹었다.
그럭저럭 잘 살았다.

그런데 잠들 무렵이면
먹고살기 참 힘들다, 는 생각이 드는 건
또 누구의 삶인가.

아름다운 시절

초대받았네. 아름다운 시절로.
세상 모든 것의 생애 속으로.
들여다보니 인생, 일, 생각, 관계에는
봄, 여름, 가을, 겨울과 같은 수명주기가 있네.

누군가는 시작하고, 누군가는 끝내고,
무언가는 파도치고, 무언가는 잔잔해지고,
어느 것은 알겠고, 어느 것은 모르겠고,
봄이 찬바람에 춥고, 여름이 계속되고,
가을이 사라지는가 싶더니, 겨울이 열매 맺는 일을 보네.

뭘 좀 아는 사람

요리를 해본 사람은

식재료를 따로따로 보면서도 근사한 요리를 떠올립니다.

철학을 해본 사람은

물, 불, 흙, 공기를 보며 만물의 구성 요소를 생각합니다.

운동을 해본 사람은

땀과 골Goal, 성취감과 팀워크의 끈끈함에 가슴 뜁니다.

경영을 해본 사람은

사람으로 돈을 벌면서, 사람을 버는 보람을 보너스로 얻습니다.

사랑을 해본 사람은

사람의 말, 태도, 행동에서 사랑스런 모습을 곧잘 찾아냅니다.

해본 사람이 압니다.

해본 사람이 다음에 뭘 해야 하는지 압니다.

해본 사람이 그 기쁨이 뭔지 압니다.

"알 만한 사람이 참!" 소리의 난감함을 압니다.

나를 만들다

도무지 나를, 나도 잘 모를 때가 있다. 누가 알까? 여기저기 찾아다녀도 소용없다. 다 몰라도 아는 데까지는 그래도 아는 유일한 사람은 나뿐이다. 그래서 싫어도 망치와 정을 다시 든다. 내 인생, 나밖에 책임 못 지니까.

"그러려고 그런 게 아닌데……" 하고 울음을 터트리기엔 너무 커버렸고

"잘 몰라서 그만……"이라고 얼버무리기엔 너무 많은 걸 알아버렸다.

입장 정리

아무리 일찍 일어나도 학교에 보내주지 않는다.

집에 남겨두고 모두 나가버리기 일쑤다.

외식이라는 것도 해본 적이 없다.

사시사철 몇 벌 옷만 입고 산다.

가족 간에 이런 심한 차별은 못 들어봤다.

각자 바쁠 때는 본 척도 하지 않는다.

그러면서 무지 예뻐하는 양 호들갑을 부린다.

어느 때는 혼자서 옆집 소리에 귀 기울일 때도 많다.

가끔 산책할 때는 운동 부족이어서 걷기도 힘겹다.

나도 내 입장이라는 게 있는데 이해해주지 않는다.

아, 나는 이런 말이 입에서 떨어지지 않는다.

너는 네 살짜리 말티즈니까 그렇지, 이 녀석아.

인생이란 언제나
선택의 기로에
놓이는 것이 아닐까.

A와 E

인생은 B, C, D라고 한다.
태어나고Birth, 죽는Death 사이에는
늘 선택Choice하는 삶을 산다는 것이다.

그럼, A와 E는 뭘까.
B 앞에는 목표Aim하는 게 있었겠네, 싶다.
D 뒤에는 묘비명Epitaph이 남았겠네, 싶다.

뭘 겨냥하고 시작했나, 나는.
묘비명에다가는 뭐라 얼버무릴까.

우리는 행복이 무엇인지 알고 있다

지중해, 수평선이 보이는 맑고 푸른 바다,
탁 트인 전망이 그만인 휴양지의 사진을 보며
문득 그녀가 말했다.

"이런 데 가서 드러눕고 싶은 거 보다……

이런 데 가느라고
여권과 일정을 확인하고, 화려한 옷과 여행용품을 사고,
짐을 싸고, 개 맡길 만한 곳을 찾고, 비행기를 타고 가서,
며칠 더 있다 와도 괜찮을 만큼,

……마음이 편할 날이 왔으면 좋겠어."

우리는 잘 알고 있다, 행복이 뭔지.
누구에게, 무엇에게 철저히 외면당하는지도.

마음의 대로

대로大路라면 한눈에 봐도 커 보이겠지요.
시원해 보이겠지요.
그런데 잘 살펴봐야 할 때가 있습니다.

내키는 대로.
흘러가는 대로.
곧이곧대로.
그냥 이대로.
뭐, 좋을 대로.

이런 대로는
어제 같은 오늘, 오늘 같은 내일이
밋밋하게 펼쳐져 있을 뿐입니다.

진짜 대로로 나가려면
좁은 오솔길이나 구부러진 험한 산길을

먼저 지나야 할 때가 있습니다.

뿌린 대로.
땀 흘린 대로.
인내로 기다린 대로.
진지하게 기도한 대로.

이런 대로는
꿈꾼 대로, 애쓴 대로 이뤄집니다.
사랑하는 대로 맺어집니다.
마음먹은 대로 갈 수 있습니다.

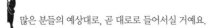 많은 분들의 예상대로, 곧 대로로 들어서실 거예요.

진짜 모험

당신은 당신의 인생에서
여행자인가요, 관광객인가요?

관광과 여행을 혼동해선 안 되겠지요.
구경은 구경일 뿐이지요.

여행자 외에 가이드가 있다면 관광.
여행자 스스로가 가이드인 게 여행.

관광을 여행이라고 끝내 우기겠다면
앞사람을 따라다닌 게 모험이라면 모험이겠지요.

진정한 모험은
안전과 재미를 보장받고 돈을 낸 후
누릴 수 있는 것이 아닙니다.

진정한 모험은

스릴과 감격을 누리고 난 후

돈도 생기고 안전도 얻게 되는 것입니다.

그림자

자신의 그림자는 자신의 발에 밟힌다.
자신의 형태와 닮았지만 한쪽으로 기울어진 어둠,
그 끝자락이 걸려 있다.

어쩌면 떨어지지 않게 발로 붙들고 있는지도 모른다.
짙은 그림자를 이해할 수 있을 때까지만.
깊은 어둠을 떨치고 빛으로 나아갈 수 있는 날까지만.

도마 위

모른 채 오르기도 하고
어쩔 수 없어서 오르기도 하고
제 발로 오르기도 한다.

누군가를 위해
무언가를 위해서라고
조리 있게들 말한다.

그리고 공히 '칼'을 맞는다.
명실공히 도마 위에서.

게으름

날로 먹어본 사람은 안다. 뼈를 깎는 노력 없이, 뼈를 묻지 않고 설렁설렁
하고도 잘된 일. 하필, 인생의 결정적 순간에 몇 번 맛본 뒤로는 그 달콤한
맛을 평생 잊지 못한다.

공짜 점심이 없다고, 고통 없이 얻을 것이 없다고, 고개 끄덕이면서도 마음
은 콩콩, 콩밭으로 간다. 무모한 긍정도 거침없다. 원래 인생에는 한 방이
있는 거라고. 행운을 잡아챈 건 내 재주라고. 심각한 착각도 유분수다. 원래
그럴 자격이 있는 삶을 살아왔다고. 알고 보면 내 노력의 결실이라고.

가다가 막힌 쪽에서 문이 생기고 그 문이 열리는 순간, 뛰어든 것은 맞다.
그 맛이 기막힌 것도 안다. 그러나 날로 먹은 일에는 치러야 할 대가가 있
다. 내가 직접 내 손으로 하고 싶은 걸 할 수 있는 시간이 그만큼 줄어든다
는 것이다.

내려놓음

이것을 내려놓으라, 저것을 내려놓으라, 많은 지혜자들이 말한다. 내려놓음이란 사람으로서 사람다워지는 일이다. 그래서 좋은 일이다. 쥐는 법부터 먼저 배운 사람이기에 쉽지 않은 일이기도 하다. 그러나 누구나 할 수 있다. 마음 굳게 먹으면 무엇이든 단번에 내려놓을 수 있다. 신을 닮은, 사람의 위대함이다.

지혜자들이 공통적으로 말하는 내려놓기의 완성이 있다. '자신을 내려놓으라.' 자신이 바닥에 닿는 순간, 삶은 더 이상 폼나고 섹시한 모습이 아닐 수 있다. 쥐든 놓든 꼼짝없이 가진 것 모두가 같이 내려가기에 모든 것을 다 내려놓는 것과 같기 때문이다.

돈, 명예, 권력과 같은 것의 힘과 맛도 더 이상 누릴 수 없다. 심지어 발가벗은 나를 볼 수도, 놀림을 당할 수도 있다. 그런데 스스로 내려놓지 못하면 쥔 것 정도 내려놓는 일은 효과가 없거나 무의미해지기도 한다. 자신은 그 자리에 그대로 있기에 마음 한번 바뀌면 얼마든지 빈손을 채울 수 있으며, 더욱 탐욕스럽게 쥘 수도 있기 때문이다.

내려놓음의 행복을 알지 못하면, 내려놓으려고 애쓰는 일은 그 자체로 큰 고통일 수 있다. 내려놓고서도 고통은 끝나지 않는다. 차라리 그냥 쥐고 사는 편이 나을지도 모른다. 실제로 대부분의 사람들이 지혜자의 얘기를 듣고 원래의 자리로 되돌아간다. 알고 싶지 않은 것을 알아버렸기에 더욱 근심 어린 얼굴로.

내려놓지 않았다고 큰일 나지는 않는다. 아무리 봐도 좋아 보이지 않는데, 남들이 좋다고 해서 억지로 그 길을 갔다고 좋을 일은 없다. 늘 답답한 마음으로 의문 하나를 품고 살게 될 수는 있다. 정말 좋아서, 좋은 게 분명해서 확신 가운데 기쁨으로 살 자신이 없다면 좋은 대안을 찾아볼 수도 있다. 이를테면 당신이 쥔 것, 그것으로 인해 남이 괴로울 일은 없는 방법부터 찾아보는 것도 좋다. 이 정도도 결코 쉽거나 작은 일은 아니다.

삶의 귀감이 되는 훌륭한 명사들은 말한다. 그저 열심히 하다 보니 그렇게 된 것이지, 남들보다 머리가 좋다거나 뛰어나지는 않았다고 담담히 말한다. 심지어 항상 곁에 있어준 동료 덕분이라고 겸손히 말하기도 한다. 자연스러움에 들어 있는 힘이다. 마음으로 모인 사람들이 함께 같은 방향으로 갈 때 나타나는 힘이기도 하다. 나날의 행복이 그리로 길을 내어 만들어진 결과라는 것이다.

이 행복 속에는 기쁨과 평안뿐 아니라 고통과 불안도 들어 있다. 이 세상에 나온 반대말과 상대어들을 대립적으로 볼 게 아니다. 그것들은 과거에도, 지금도, 미래에도 한자리에 모여 삶 가운데로 찾아든다. 이것이 오면 저것이 사라지지 않는다. 내려놓음도 마찬가지. 내려놓음 곁에 넉넉한 채워짐이 있다. 충만함 가운데 허허로운 내려놓음이 있음을 믿는다. 내려놓고 하늘을 바라볼 때 홀가분한 사람이 될 수 있기를. 다시 들어 펼칠 때의 손은 이 세상을 받쳐주는 손이기를.

쥐는 법부터
먼저 배웠기에
내려놓는 일이
그래도
힘들었나 보다....

작은 바람

무상無常을 알고도 무념無念하지 못한 사람입니다, 나는.

별을 늘 바라보면서도 별 볼 일 없는 사람입니다, 나는.

당신에게 만큼은 죽어도 기억되고 싶은 사람입니다, 아내여.

당신에게 만큼은 '심히 좋았더라' 싶은 사람입니다, 신이여.

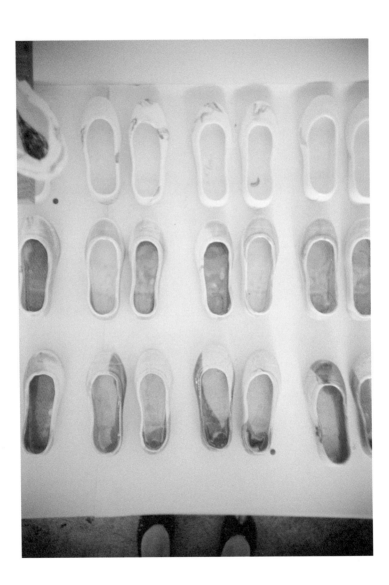

구름이 둥둥, 사람이 둥둥

구름이 하늘과 땅 사이에서 떠다니는 것은
사람이 희망과 절망 사이에서 떠다니는 것과 같다.

구름이 비를 품었을 때 먹구름이 되는 것은
사람이 죄를 품었을 때 낯빛이 어두워지는 것과 같다.

구름이 비를 뿌린 후 흰 뭉게구름이 되는 것은
사람이 죄를 씻은 후 홀가분하게 되는 것과 같다.

구름이 잠시 하늘을 떠나고 무지개가 뜨는 것은
사람이 잠시 여행을 떠나서 자기 색깔을 찾는 것과 같다.

구름이 하늘 쪽에서 내려다볼 때 더 밝은 것은
사람이 하늘마음으로 바라볼 때 더 귀한 것과 같다.

구름이 지나간다. 사람이 지나간다.

구름이 둥둥. 사람이 동동.

묘비명

"머리 위에 별이 빛나는 하늘과
내 마음의 도덕법칙."
철학자 칸트가 '실천이성비판' 끝자락에 쓴 글입니다.
그의 묘비에 새겨진 글이기도 합니다.

"우물쭈물하다가 내 이럴 줄 알았지."
극작가 버나드 쇼가 직접 골라놓았다가 썼답니다.
가장 많이 회자되는 묘비명이기도 합니다.

"다 호사스러운 일입니다."
'장기기증등록증'을 가족들도 모르게
'사후신체기증등록증'으로 바꿔놓은
어느 무명씨의 마지막 고백.

묘도 없고, 비석도 없고, 이름도 없어도 좋지요.
그 위에 빛만 가득히 내려앉을 멋진 인생이기를.

우리가 머물 그곳

홈런을 치는 거다. 그럼, 집Home으로 가장 빨리 돌아올 수 있다. 쳐낸 공이 멀리 까마득하게 날아가 관중들이 일어나 환호하는 외야에 뚝 떨어지는 거다. 쉬운 일은 아니다. 포볼이나 안타를 치고 나가면 다음 상황을 기다리면서, 집으로 들어오는 꿈을 꾸는 거다. 이 또한 거저 되는 일이 아니다. 아웃으로 물러나면 다음 차례를 기다리면서, 다음 기회를 놓치지 않으려고 또 애쓰는 거다.

야구가 인생의 축소판이라고 말하는 사람도 있지만, 인생은 야구가 아니기에, 마음은 물론 규칙대로 돌아가지 않기에, '한 방'을 날려야만 홈으로 들어올 수 있는 건 아니다.

이기지 못해도 올 곳이 집이다. 밤이 되면 오는 곳, 일을 끝내면 오는 곳, 사랑하는 사람이 있는 곳, 쉼과 평안이 있는 곳이다. 나이 든 이제는 내가 집이 되어야 한다. 사랑하는 사람들에게 문을 열고 반겨주어야 마땅한 집.

진짜 배움

지식자의 지혜는

화려하고 그럴싸해 보이기는 한데

모양이 내용을 간혹 가려

알면 알수록 피곤해질 때가 있어요.

배운 걸 꺼내기는 쉬운데

어떻게 써야할지는 잘 모르겠어요.

지혜자의 지식이 그립지요.

투박하고 평범해 보이기까지 한데

진리가 시퍼렇게 살아 있어

알면 알수록 고개 숙여져요.

자유와 평안은 기본이고

마음 놓고 거기서 사랑도 뛰놀더라고요.

배우는 것은 배운 걸 삶에 집어넣기 위해서다. 괜찮은 나를 만들기 위해서다.
써먹는다는 것과는 갈 길이 다르다. 그럴싸하게 잘 보이고 싶어하는 것은 더더욱.

빨래

인생 마당에 장대를 양쪽에 세우네.
세월의 줄을 매다네.

봄에는 봄꽃이 와 쉬어가게.
여름에는 여름꽃이 와 땀을 식히게.
가을에는 가을꽃이 와 매달리게.

맑은 물을 받아놓으며 생각하네.
옷깃을 여미며 생각하네.

봄에는 내 삶에서 싱그러운 향기가,
여름에는 내 삶에서 시원한 향기가,
가을에는 내 삶에서 은은한 향기가 나기를.

빨래를 시작하네. 바람이 부네.
해가 좋을 때 널리. 비 오면 뛰어나가 걷으리.

 겨울도 좋으리.
실내에 매단 줄에서 꽃들이 소란을 떨게.

소유

소所, 장소. 유有, 있다. 장소가 있다는 것. 내가 욕심의 광장으로 가서 만난 것들, 즉 나를 옭아맬 수도 있는 모든 것들, 그 주인은 내가 아니다. 앞으로도 그럴 리 없고 그럴 수 없다. 나는 그것들을 직면해가는 과정을 통해 내가 있어야 할 장소를 배울 뿐.

꿈에도 그리워하며 가고 싶은 곳, 거기 모여 있는 것들은 가볍다. 그리고 갈수록 더 가벼워진다. 가질 만할 때에는 하늘로 떠올랐다가 가진 다음에는 세상에 온통 뿌려질 만큼. 덩달아 나도 둥실 떠올랐다가 함께 뿌려질 만큼.

그래서 오늘, 소所, 세상이라는 장소를, 유有, 도울 수 있다면 행복하다. 가뿐하게, 우주의 씨앗처럼 살고 싶다.

내 인생의 사전

사람마다 사전이 하나씩 있다. 제 나름대로 잘 정의되고 정리되고 있는 사전이다. 생존을 위해 필요했으므로, 허투루 쓰인 사전은 없다. 시간이 흐를수록 사전은 점점 두꺼워지고 사전 속 어휘도 점점 풍부해진다. 사람은 자신이 정의 내려놓은 말로 산다. 생각도 하고, 이야기도 하고, 일도 하고, 사랑도 한다. 모든 사람들이 다 제 각각이듯 사전도 서로 다르기에, 사전이 펼쳐지는 모든 장소에서 이해와 오해는 생기고, 자라나고, 깊어진다.

사람은 어딘가에 나와 다를 바 없는 사전을 가진 사람이 더 있을 거라고, 많이 만날 거라고 꿈꾼다. 그러나 찾으면 찾을수록 점점 지쳐가고 외로워진다. 부푼 기대와 함께 찾아 나서지만, 도무지 만나기가 어렵기 때문에. 그렇게 사는 동안, 기대는 점점 줄어간다. '단 한 페이지라도 좋아. 아니, 단 한 줄이라도 좋아. 아니, 단 한 단어라도 좋아. 뜻은 고사하고 느낌만이라도 잠깐 통하는 사람이 있다면 얼마나 좋을까.'

찾을 수 있다. 기존의 기대와 방법을 수정한다면, 좋은 방법은 많다. 사전을 서로 공유하는 것이다. 같은 단어 안에서 뜻이 다르다면 두 번째, 세 번째,

그 이상의 뜻도 있음을 인정하고 기억하고 적어두는 것이다. 그보다 더 상쾌한 방법도 있다. 내 사전을 던져버리고, 아예 새로 쓰는 것이다. 새로 알아가고 새로운 기쁨을 얻는 것이다. 신이 가르쳐줄 때마다 그 뜻대로 내 사전의 단어 하나를 덮어 씌워가며. 탄식하며, 감동하며.

삶의 문제를 푸는 시간

문제보다 답이 더 어려울 때가 있다. 어쩔 수 없이 하늘에다 묻고는 뭐라도 들릴까봐 귀를 막아두고 싶을 때가 있다.

답이 난해하면 그게 다시 문제가 된다. 쉽게 묻든 어렵게 묻든 답은 쉬워야 한다. 다음 질문으로 술술 넘어가려면 그래야 한다.

답이 정해져 있으면 골치 아플 때가 있다. 생각을 안 해야지, 하는 생각에 힘들다. 그런 생각은, 들고 있는 문제는 제쳐두고서 나를 한없이 한심하게 만든다.

답을 맞히면 그때부터가 함정이다. 문제풀이가 다 끝난 것처럼 착각하기 때문이다. 다 알아버린 듯 오해하기 딱 좋다. 이제야 기껏 고개 하나를 간신히 넘어갔을 뿐인데.

생각하는 사람은 문제를 항상 갖고 산다. 생각 안 하는 사람보다는 낫다. 답은 생각과는 상관없이 시간을 보낸 사람에게 온다. 잘 보냈는지, 못 보냈는지는 그저 자신의 생각일 뿐.

삶은 문제를 내고 답을 푸는 과정이 아니라, 시간이 문제와 답을 어떻게 푸나 구경하는 것이다. 그리고 구경한 것을 기억해두었다가 요긴할 때 그저 잘 써먹는 것이다.

삶은 문제를 내고
답을 푸는 과정이 아니라
시간이 문제와 답을
어떻게 푸느지를 구경하는 것

닻

'돛'을 올리고 항해하기.
'닻'을 내리고 정박하기.

그 사이에는
'닿'이 있어야만 했지.

바람 따라 둥둥 떠다니다가
당신을 만났던 그 순간.

그 한 장면, 그걸로 충분했지.

인생은 아름다워

눈은 늙겠지만 눈빛은 늙지 않습니다.
보는 눈은 더욱 좋아지렵니다.

이야기에 집중하다가 풍경을 놓치거나
풍경에 빠져 이야기를 놓치지 않으렵니다.
이제야 그런 마음이 듭니다.

전체란 시작과 중간과 끝이 있는 것이라고
아리스토텔레스가 말했습니다.

존재로서의 중간을 넘어서며
마음에 귀한 것들이 더욱 귀해집니다.
몸도 팽팽한 긴장을 놓고 나이테를 생각합니다.

입도 늙겠지만 미소는 늙지 않습니다.
입가에는 늘 좋은 말이 맴돌도록 하렵니다.

6

오늘

오늘을 살아라,

날이면 날마다 쏟아져 오는 날이 아니다

이야기가 깃든 오후

머무는 시간과 공간에서 이야기를,
어제와 오늘, 그리고 내일에서 이야기를,
낮과 밤, 오가는 거리에서 이야기를,

하늘과 땅 사이에서 이야기를,
꽃과 벌에서 이야기를,
사람과 사람 사이에서 이야기를,

웃고 울며, 무표정한 것에서 이야기를,
노래하고 먹고 마시는 것에서 이야기를,
자고 일어나는 것, 활동하는 것에서 이야기를,

머리와 가슴에서 이야기를,
생각하지 않은 것과 말하지 않은 것에서 이야기를,
생각이 될 것과 말이 될 것에서 이야기를,

마주하는 나와 당신에게서 이야기를,
나와 당신 이야기를, 사랑이 오가는 이야기를,
빼면 도대체 무얼 쓸 수 있을까.
이야기가 깃든 따뜻한 오후.

삶의 다음

꿈이 아닌데
꿈처럼 취급하곤 하지.
관념의 그림자가 아닌 너무나 생생한 실화인데.

사금과 같은.
모래를 걸어내고 나니 생의 반짝임이 남은.

정금과 같은.
불순물을 걸어내고 나니 순도 높은 사랑이 남은.

삶에 있어 죽음은 넘치는 복이네.
어쨌든 다 채우고 다음으로 가는.

홀가분하게 웃으며 손을 흔들 때
죽음이 삶에게 따뜻한 경의를 보내네.

당신, 애쓸 만큼 애썼다고.

닳고 닳았어도 참 보기 좋다고.

이제 편히 쉬어도 된다고.

반짝반짝, 사랑만 하면서.

죽음은 그릇의 가장자리에 있는 마지막 선line이다.
_ 마리아 라이너 릴케

세상의 모든 말들

노력이든, 수고든, 사랑이든, 우정이든, 소망이든, 희망이든, 행복이든, 행운이든, 기쁨이든, 진실이든, 성공이든, 성취든, 극복이든, 승리든, 은혜든, 감사든, 당신이 원하는 이 세상의 모든 단어들은 살아 있다.

마음껏 데려다가 공짜로 실컷 써도 된다. 그 뜻의 용법대로만 쓰면 된다. 주제넘게 쓰지 않고, 있어야 할 곳에 잘 놓으면 된다. 그러면 결국 당신도 그 뜻을 입증해낸 한 사람이 된다. 물론 '말도 안 되는' 단어들도 이 세상에 살고 있다. 결심을 막고, 꿈을 막고, 내 것을 빼앗아 가기도 한다. 그것들이 있는 건 인생을 망가뜨리기 위해서가 아니다. 인생 사전을 기막히게 빛내온 '반전'의 그림자 역할에 충실했을 뿐이다.

생의 한가운데

평지를 오래 걸으면서
삶이 평탄하다고 생각하는 사람은 없지요.
세상 숱한 언덕과 골짜기,
강과 바다를 아는 한.

고통을 오래 겪으면서
삶이 원래 이렇다고 믿는 사람은 없지요.
세상의 숱한 희망과 소망,
꿈과 노래를 아는 한.

아무래도 포기가 안 됩니다.
내가 하늘을 보고, 하늘이 나를 보는 한.

오르막이 끝이 없는 첩첩산중. 폭설로 인적이 끊긴 눈밭 한가운데. 처음부터 길이 없었던 사막 한가운데. 이보다 더 막막하고, 숨 차오르고, 외로운 시절을 지난다고 해서 절망은 아닌 거다. 함께 가주는 사람, 당신을 찾아나서는 사람, 당신을 위해 기도해주는 사람만으로도 희망은 끊어지지 않는다. 도무지 어디를 향하고 있는지, 도착하려면 얼마나 남았는지 모를 때가 절망이다.

당신이 용기를 낼 때 신은 당신을 위해 사람을 보내고, 당신이 희망을 놓지 않을 때 신은 당신을 위해 천사를 보내고, 당신이 절망과 맞닥뜨린 후에는 신은 직접 나선다. 절망도 신에게는 끝이 아닌 거다. 당신의 흐름이 잠시 끊겼을 뿐이다. 방향과 도착할 곳을 알려주는 신호가 끊겼는가? 지금, 신이 성큼 다가오고 있다. 당신이 딛어내는 기도의 길로.

오르막이 끝이 없는 청청산중,
폭설로 인적 끊긴 눈밭 한가운데,
처음부터 길이 없는 사막 허허벌판.
이보다 더 막막하고, 숨이 차오르고,
외로운 시절을 지난다고 해서
절망이 온 것은 아니다.

거울 너머를 본다

어른스럽게 웃어보기도 하고 주먹을 불끈 쥐어보기도 했다. 내가 좀 더 어렸을 적엔 거울 속에는 잘생기고 힘찬 나만 보였다. 그 외엔 아무것도 볼 수 없었다.

이제는 몇 개가 더 보인다. 세월의 강을 본다. 진실의 빛을 본다. 거울 너머를 본다. 잊은 만큼 고통이 떨어져 나가고 기억한 만큼 행복이 남아 있는 내가 보인다. 아직도 내 전부가 보이지는 않는다.

거울 안의 나를 보며 아이 때처럼 웃어본다. "괜찮지?" 하고 따듯하게 말도 걸어본다. 거울을 정성껏 닦아준다. 힘내라며.

 살아 있는 마음, 무겁거나 어중간하거나, 펄떡거리거나 꿈틀거리거나.

다름과 틀림

사람에게 좋은 것이 무엇인지, 관심 있는 이가 있고
사람이 좋아하는 것이 무엇인지, 관심 있는 이가 있어요.

일에 있어서
전자는 사람이 세상에서 살기 좋게 하는 일을 했고
후자는 세상이 사람을 이용하기 좋게 하는 일을 했어요.

음식을 만들 때에
전자는 몸에 좋다는 건강 재료와 유기농 재료를 썼고
후자는 입에 달다는 화학 재료와 인스턴트 재료를 썼어요.

놀 때에
전자는 사람들과 함께하는 기쁨을 소중히 여겼고
후자는 승부 세계가 선사하는 짜릿함을 최고로 여겼어요.

삶에 있어서

전자는 모든 일에 끝이 있음을 사람들이 기억하길 원했고
후자는 모든 일에 끝이 있음을 사람들이 망각하길 원했어요.

전자는 모든 답에 대한 질문은 지금 세상에 있고
모든 질문에 대한 답은 다음 세상에 있다고 믿었어요.

후자는 모든 답에 대한 질문은 내 할 바가 아니고
모든 질문에 대한 답은 네 알 바가 아니라고 생각했어요.

안에서 원인을 찾아야 할 사람이 바깥을 내다보다가, 결국 나가 첩첩산중을 헤매는 경우가 있다. 반대로, 바깥에서 원인을 찾아야 할 사람이 안을 들여다보다가, 들어가 마음 깊은 골짜기로 내려가는 경우가 있다.

신중히 생각해야 할 사람이 생각할 겨를이 없거나, 아무 생각이 없거나, 다른 엉뚱한 생각을 하는 경우가 있다. 반대로, 움직여야 할 사람이 생각을 정리하거나 끝내려고 하지 않거나, 생각만 이리저리 뒤집고 있는 경우가 있다.

지금은 책을 펼 때가 아닌 사람이 강박으로 책을 열어, 오해하거나 잘못된 해석을 하는 경우가 많다. 반대로, 책을 펴야 마땅한 사람이 스스로 지식과 지혜가 넘친다고 못난 고집을 부리는 경우가 있다.

후회해야 할 때 후회하지 않고, 반성하지 않아도 될 때 반성하는 경우가 있다. 아플 때 아파하면 안 되는 줄 알고, 참지 않아도 될 때 참아야 하는 줄 아는 경우가 있다.

사람은 참, 그렇다.

보이는 것의 진실

빈 책장을 아름답게 장식하려고 책을 사들이는 경우가 있고
아름다운 책에게 집을 주려고 책장을 준비하는 경우가 있습니다.

책과 책장의 진실은, 오직 자신만 압니다.
자신을 속인다 해도, 자신을 속였다는 것까지 압니다.
다른 사람이야 책장에 책들이 가지런히 꽂혀 있는 것만 봅니다.

살다 보니 모양은 같아 보이는데,
이처럼 내용이 서로 다른 경우가 많습니다.
눈이 생각을 인도하면 보이는 게 전부이고,
생각을 따르면 보이지 않던 게 이것저것 더 들어옵니다.

봤다고 좋아지기만 하는 게 아니라는 것이
늘 삶을 당혹스럽게 만듭니다.
추하거나 아픈 것을 보는 바람에
마음이 무겁고 두고두고 상처가 되고

심지어 공격까지 당하는 경우가 얼마나 많던가요.

그게 당신에게 처세를 가르친다면,
삶에는 어두운 그림자가 드리워질 겁니다.
그러나 당신에게 진실을 가르친다면,
삶은 성숙하게 성장할 겁니다.

당신의 진실과 진심이 하늘에 가닿을 때가 올 겁니다. 믿어요.

눈이 생각을 인도하면

보이는 게 전부가 되고

생각이 마음을 인도하면

보이지 않던 것이

비로소 보이는 법이지요.

인생이 둥근 이유

당신과 나,
애써 보낸 인생의 시간을 모두 모으면
한 덩어리, 둥근 열매가 남습니다.
안은 뜨겁지만 부드럽고
밖은 먼지와 상처투성이지만 한없이 견고한.

당신과 나,
사는 동안 조금 찌그러지고 기울어져도
마음 삐딱한 적 없이 예쁘게 이겨낸 까닭에
한 덩어리, 둥근 보람이 남았습니다.

당신과 나,
우리가 사랑했던 사람들이
찾아와 깃들어, 둥지 삼아 주기도 했으니
썩 괜찮은 인생이 아니었던가요?

당신과 나,

이제 몇 번의 해와 달을 보게 될지 모르겠지만

한 덩어리, 둥근 희망을 남겨봅니다.

우리 안에 오래오래

사람과 사랑이 기쁘게 북적일 수 있기를.

오늘의 나에게

오늘을 살아라.

어제는 부디 잘라내라.

나날이 잘못 살면 서슬 시퍼런 날이 된다.

날 좀 봐라.

죽을 지경을 겪고 보니

다가올 모든 날은 기막히게 귀한 날이다.

날을 세워라.

젊은 날, 좋은 날을 무딘 날로 보내지 마라.

하릴없이 날 샌다.

오늘을 살아라.

내일은 잘 남겨둬라.

날이면 날마다 쏟아져 오는 날이 아니다.

목사님이 쓴 책을 펼쳤더니 '지금, 여기'란다. 스님이 쓴 책에도 '지금, 여기'란다. 인문과 명상 책에도 '지금, 여기'란다. 어려울 것도 없다. 지금, 여기 아니면 언제, 어디일까. 배우라고 하는 말들이 아니다. 제발 좀 살라고 하는 말들이다.

지금, 여기에서는 얻을 것도, 잃을 것도 없다. 감사하게도 은혜만 가득하니 지금, 여기에 살아 있는 은혜다. 지금이 미래의 처음이기에. 여기가 거기의 시작이기에.

그러니 괜찮다

'나'만 그러면 정말 한심하고 억울할 텐데, '다'들 그렇게 산다. 사는 일이 '다' 그렇다면 정말 못 견딜 텐데, 웃을 일, 웃고 넘어갈 일, 웃고 잊을 일도 많다. 울 일, 울고도 못 넘어갈 일, 울고도 잊지 못할 일, 있는 건 사실이다. 72시간 잔상 효과라는 게 있다. 그끄저께도 울었고, 그저께도 울었고, 어저께도 울었으면 내가 울고만 살았구나, 싶다는 거. 왠지 오늘도 울어야 할 것 같은…… 그렇다면, 3일만 한번 해보자. 그냥 웃고, 넘어가면서 웃고, 잊으면서 웃고. 그럼, 내가 웃으며 살고 있구나, 하고 오늘 또 웃게 될 거다. '이거, 되는데?' 싶으면, 하루씩 살살 연장해보자. 그다음, 일주일씩, 한 달씩, 일 년씩 연장해보자. 웃음꽃이 핀 환한 얼굴이 되어 있지 않을까.

에이, 그게 누가 된답디까, 그게 되면 벌써 했지, 하고 싶은 말을 3일만 참아 보자. '3일, 잘 참았네' 싶으면 하루씩 살살 연장해보자. 그다음, 일주일씩, 한 달씩, 일 년씩 연장해보자. 참고 이겨내는 것에 관해 아마 달인이 되어 있을걸. 뭐, 작심삼일이어도 괜찮다. 또 작심하면 되지. '나'만 그러면 정말 딱할 텐데, '다'들 그렇게 산다. 그러니 괜찮다.

진짜 여행자

그가 세계를 여행한 지도 십수 년.

일을 하고 돈이 모이면 어김없이 배낭을 하나 매고 떠났다.

그의 소지품 중에는 늘 카메라와 노트가 들어 있지 않았다.

돌아와서도 어디어디를 다녀왔는지, 뭘 봤는지, 얘기하지 않았다.

잘 다녀왔다고 인사하고는 또 일하고 또 영락없이 짐을 꾸렸다.

언젠가부터 그에게 아무도 여정이나 에피소드를 묻지 않는다.

아주 자연스러운 일이었다.

그는 관광객이 아니다.

정말 이전에 본 적 없는 여행자다.

지금 그는 국내에 있다.
그가 사는 걸 보니 돌아온 게 아니라, 이쪽으로 떠나 와 여행 중이라는 생각이 든다.

진짜와 가짜

가짜는 보면 보입니다.
유심히, 자세히 보면 보입니다.
진짜와 다릅니다.
속는 건 진짜로 믿고 싶은 내 마음 때문입니다.

가짜는 똑똑합니다.
그런 내 속사정을 적절히 이용합니다.
그러나 진실은 가릴 수 없고
시간과 세월은 넘어가지 못합니다.

가짜가 들통 나지 않는 가장 좋은 방법은
진짜와 마주치지 않는 겁니다.
그러나 이 역시 쉽지 않기 때문에
내가 똑바로 볼 기회를 잘 안 주려고 합니다.

그래서 가짜는 외롭고 괴롭습니다.

스스로 가짜인 걸 너무나 잘 아니까요.

가짜의 삶을 덮으려고, 진짜인 척 애쓰는 사람들이 있다. 물론 모양이라도 선한 일을 하는 것, 귀하다. 남을 돕는 것, 안 하는 것보다는 낫다. 마음을 가다듬고 의미를 찾는 일이야 더 말할 나위도 없다.

그런데, 목욕 대신 할 일은 아니다. 목욕탕에 알몸으로 들어가서 샴푸로 머리 감고 몸에 비누칠을 한 다음 물로 뽀득뽀득 씻어내야 한다. 때도 벗겨야 한다. 영혼을 위해서는 기도를 그렇게 해야 한다. 다른 방법은 전혀 없다. 누구를 목욕탕에 대신 보낸다거나 어떤 기막힌 은유와 직유의 방법을 쓴다거나 듣도 보도 못한 엉뚱한 짓으로 목욕 흉내를 내보려는 건 시간 낭비다. 몸이 깨끗해지려면 단지 목욕을 해야 한다. 그것 아니면 안 된다.

목욕이 무슨 대단한 연금술인가. 껍질이나 허물을 벗으라는 것도 아니다. 그냥 물에 풍덩 들어가는 거다. 꼬질꼬질한 채 아무리 좋은 일을 많이 한들 깨끗해질 일은 없다. 진실이 들어 있지 않으면 진짜가 아니다. 진실의 모양새만 취하고 가짜 인생을 살면, 결국은 가짜다. 안 씻고 꽁꽁 싸두면, 몸에도 영혼에도 땀띠가 난다. 부스럼이나 무좀, 습진 등등은 단골손님들이다.

수평선 너머

들어오는 배는 보이지 않는다. 그래서 먼 바다, 가까운 바다 할 것 없이 바다는 고요하고 잔잔하다. 나루터에는 기다리는 사람도 지나가는 사람도 없다. 어둑해지자 가로등에 불이 들어온다. 켜져 있는 동안, 밤일 것이다. 꺼져 있는 동안에는 낮일 것이다.

한 사람의 빛이 세상에서 존재하는 방식이 이와 같다.

어두울 때에는 등불로 잠시 옮겨 있다가, 밝을 때에는 세상의 빛 속에 잠겨 있다가, 꿈을 품을 때에는 등불 속에서, 꿈을 이룰 때에는 밝은 세상 속에서, 그리움에 젖을 때에는 등을 켜고, 잊고 잠들어야 할 때에는 등을 끄는, 사랑스런 사람, 생의 법칙.

돌아올 시간에, 배는 돌아온다. 기다리는 사람, 지나가는 사람으로 북적일지라도 나는 당신을 찾을 수 있다. 그 시간, 그곳에 섞여 당신과 마주보며 손을 마주 흔들 생각만으로도 벌써 기쁘다.

일자택일 — 者擇 —

진시황제는 영원히 살기를 원했다.

신하들은 불로초를 구하려고 무진 애를 썼다.

많은 걸 가지고 나니 그것을 유지하고 싶었던 거다.

그러다가 죽었다.

성경에 나오는 므두셀라는 969세를 살았다.

10세기 정도를 산 것이다.

기록으로 보면 역대 최장수 신기록이다.

그러다가 죽었다.

나이 드는 것은 받아들여지기도 하지만

늙어가는 것은 누구도 안 받아들인다고 한다.

나이 들어서가 아니라 꿈을 잃어 늙는다고 한다.

그러다가는 정말 죽는다.

죽은 다음은 잘 모르지만

그러나 살 때에는 잘 살아야 한다는 것은 안다.

아니면 산다고 해서 살아 있는 것도 아닐 테니까.

죽음처럼, 삶도 일자택일이다.

그래서 늘 고맙고 귀하디귀한 인생.

내가 걷는 길

같은 길을 가면서 다른 생각을 하는 사람이 있습니다.
다른 길을 가면서 같은 생각을 하는 사람이 있습니다.

같은 길을 가면서 다른 길을 간다고 믿는 사람이 있습니다.
다른 길을 가면서 같은 길을 간다고 믿는 사람이 있습니다.

잘 간 길, 잘못 간 길로 구분하기 때문입니다.
잘난 길, 못난 길을 따지기 때문입니다.

미안하고 안됐습니다만, 같거나 다르거나 모두 가야 할 길입니다.
같은 길도, 다른 길도, 어느 누구에게든 아주 특별한 길입니다.

같은 길로 가는 것은 바로 '운명'이니까요.
다른 길로 가는 것은 바로 '소명'이니까요.

성장과 성숙

중심 잡을 때 만졌어요.
헛딛고 손을 뻗을 때 만졌어요.

까칠까칠,
아찔아찔,
지끈지끈,
느물느물,
빈정빈정,
넘실넘실,
찔끔찔끔.

고통스런 느낌의 조각들이
어느 정도 모이면 보이기 시작합니다.

인생에서 일방적인 것들이 뭔지.
피해야 할 것들은 또 뭔지.

횟수, 크기가 중요치 않아요.
위로, 결심, 지식도 소용없어요.

만나면 아픕니다.
다시 만나도 또 아픕니다.
생각을 고쳐봐도 역시 아픕니다.

사람은 죽을 때까지 성장하고
고통은 성장판 위에 함께 있으니.

사람이란
죽을 때까지
성장하는 존재다.
성장하는 내내
아프고 또 아픈 것이
사람이다.

당신이 온 그곳

일상이 무겁고 부담스럽고 새롭지 않을 때에, 일상에는 뉴스가 필요하다. 두리번거리고 기다리고 판타지를 원하고 꿈꾼다. 어리석지 않나. 천진난만하지 않나. 어른답지 못하지 않나. 진지하지 못하지 않나. 비현실적이지 않나. 현실 도피적이지 않나. 정신 못 차리고 있지 않나. 독해져야 하나. 돈독이 오르고, 명품을 밝혀야 하나. 초일류를 향해 달려야 하나. 성격은 그대로 고집하고 얼굴이라도 뜯어 고쳐야 하나. 사랑도 각자 계산해야 하나.

애써본다. 밀착해본다. 그러다가 기껏 TV 볼륨을 높인다. 스마트폰을 집는다. 현실에 영 적응이 안 된다. 현실감이 떨어진다. 정말 이게 현실이라면 울고 싶다. 그런데 알아야 할 게 있다. 당신, 여기 사람이 아니다. 뭐, 출생의 비밀 같은 거다. 땅에서 솟지 않았다. 그리 놀랄 일도 아니다. 어쩌면 어렴풋이 알고 있었는지도 모른다.

진심으로 대답하시길. 가족, 친구, 사람, 사랑에 가슴 뛰는가. 풍선, 새, 바람, 별, 달, 해, 산, 바다, 하늘, 노래, 그림, 향기, 여행을 좋아하는가. 그것들이 보나마나 좋은 거라 믿는가. 그럼, 틀림없다. 당신, 하늘에서 온 거다. 그래서 고향이 그렇게도 그리웠던 거다. 하늘의 좋은 것을 여기로 옮겨놓고 싶어 그렇게도 마음 고생했던 거다. 몸은 여기가 엄연한 현실이지만, 영혼에게는 하늘이 현실이기에. 몸은 무거워도 영혼은 가볍기에. 몸은 잘 몰라도 영혼은 느끼기에.

소유와 존재

아침은 눈 뜨는 자의 것이다.
태양은 눈 뜨는 자의 눈동자다.

사랑은 눈 뜨는 자의 눈을 커지게 하고
바람은 눈 뜨는 자의 눈을 작아지게 한다.

기쁨은 눈 뜬 자의 눈웃음이다.
슬픔은 눈 뜬 자의 눈주름이다.

하루는 눈 뜬 자의 깜박거림이다.
인생은 눈 뜬 자의 광채다.

지금, 당신은 내 눈동자 속에 있다.
이제, 당신은 눈의 꽃이다.

 눈 감으면, 향기로 머무는 당신.

기대 모음

기대다

한쪽으로 기울어져도 좋은 말. 기댈 데가 있으면 든든한 말.

의지를 세울 시간을 내주는 말. 문득 당신이 또 고마워지는 말.

그래 놓고 슬며시 다가가는 말.

엇기대다

한쪽이 부담스럽지 않아서 좋은 말. '서로 마주 기대다'라는 썩 괜찮은 말.

맞닿으면 체온이 오가는 따뜻한 말. 새삼 숭고함으로 다가오는 말.

마음끼리도 기댈 수 있는 마법의 말.

기대하다

기도하면서 기다리면 좋은 말. 바람이 자유로울 때 완성되는 말.

길을 내며 갈 때 이루어지는 말. 당신이 응원해줘서 할 수 있는 말.

기다림에서 조바심을 빼면 하늘의 말.

이처럼 나를 힘 나게 하는 아름다운 말들.

감사의 말
당신의 마음, 잘 지내고 있나요?

오랜만입니다. 잘 계시지요? 저는 지금 마음경영 컨설턴트, 마음치료사의 이름을 얻고 생각지도 못했던 새로운 길을 가고 있습니다. 예전에 자동차 회사를 다닐 때만 해도 이럴 줄 몰랐고, '불닭'을 만드는 회사의 대표를 할 때에는 더더군다나 몰랐고, 국민교양지라 불리는 월간 〈좋은생각〉의 경영자이자 편집인으로 살 때에도 꿈도 꾸지 못했던 오늘의 삶입니다.

그러고 보니 저는 천상 '여행자'인가 봅니다. 여행자란 곧 '찾는 자'이니까요. 저는 무엇을 그렇게 애타게 찾고 있었던 걸까요? 무엇이 그토록 그리웠던 걸까요? 통째로 보류되어 있던 이 마음은 어느 날, 폭탄 맞듯 '쾅' 하고 터졌습니다. 간신히 지탱해오던 것이 한꺼번에 무너졌지요. 먼저, 교통사고로 죽음의 문턱을 딛어봤습니다. 입원과 재활을 거쳐 간신히 회복될 무렵, 이번에는 마음이 주저앉았습니다. 너무나 소중했던 사람들과 이별을 해야 했거든요.

사계절을 겨울로 살아본 적 있으신가요? 제 마음의 재활이 그랬습니다. 그런데 상처로 꿈틀거리던 중에 그간 보지 못했던 것들이 보이기 시작했습니다. '아픈 사람의 힘겨운 이야기'가 귀에 들리기 시작했습니다. '하면 된다'라는 막연한 긍정 대신 '누가 그게 된답디까' 하는 하소연들이 이해되기 시작했습니다. 그렇게 '찾는 자'로 살았던 저는 마음의 바닥에서 한 조각, 진리를 주웠습니다. 그렇게 내 안의 나를 만났습니다. 그렇게 사람, 사랑을 새로이 배우기 시작했습니다.

학교에서 철학을 전공했던 제가 심리학을 접하면서, 이런 걸 '생산성의 고민'이라고 명명할 수도 있다는 걸 깨달았습니다. 아주 제대로 무겁고 어중간했던 실존의 고민이었지요. 지금도 여전히, 나날이 실감나게 겪고 있습니다. '제2의 질풍노도기'가 틀림없을 만큼 바람도 거세고 체감온도도 높습니다. 마치 통째로 해체되었다가 다시 조립되는 것처럼, 모든 것이 달라 보이고 부딪히는 일들마다 마냥 새롭기만 합니다.

《세상에서 가장 아름다운 별에 살다》에 수록된 글들은 그렇게 새로운 나를 만나는 과정에서 하나씩 봉오리를 틔우며 탄생했습니다. 전작 《꽃필날》이나 《꽃단배 떠가네》를 쓸 때와는 또 다른 마음입니다. 시처럼 보이는 글들은 사실은 시가 아닙니다. 오히려 제 '진심의 조각들'에 가깝습니다. 그 조각들 곁에 자리한 여백은 여유가 아니라 '그리움'이라 부르고 싶습니다. 이렇게 마음속에 정겨운 액자 하나가 걸립니다. 액자 속, 아름다운 시절의 사람들과 풍경은 먼 훗날까지 해맑게 웃으며 저를 바라볼 것입니다.

먼 길을 돌아와 아픈 누군가를 위로하고 보듬는 일을 하게 되어 참 다행입니다. "아파요? 나도 아파요"라고 말해줄 수 있어 다행입니다. 적어도 구경한 것 가지고 아는 척하는 사람은 아닌 게 분명하니까요. 평생을 한번 걸

어볼 만한 귀한 일입니다. 사람에게서 얻은 상처는 사람만이 치유한다는 것 또한 제대로 알았으니까요. 그래서 저는 오늘도 마음을 고쳐주는 이에게로 갑니다. 또한 내가 힘이 되어줄 수 있는 사람에게로 갑니다. 이처럼 감사한 일이 또 어디 있을까요!

그리고 오늘, 이 책을 읽어주신 당신께 넌지시 묻습니다. "당신의 마음은 안녕하신가요? 당신은 지금 무엇을 찾고 계신가요? 당신이 바라보는 그 '너머'에는 무엇이 있을까요? 한번 '넘어'가보지 않으시겠어요?"

제게 찾아와준 '마음치유'의 순간과 제 일상의 마법을 당신과 나눌 수 있어서 다행입니다. 제 이야기에 귀를 기울여주신 분들께 이 책이 마음을 어루만지는 작은 선물이 되기를.

2014년,
낯설지만 멋진 길 위에서

사진 · 손글씨 밤삼킨별

전세계를 여행하는 사진작가이자 따뜻한 손글씨로 감성을 나누는 캘리그라퍼. 그리고 민n정이라는
예쁜 두 딸의 엄마. PC통신 아이디로 쓰던 '밤삼킨별'을 필명으로 활동하는 그녀는 직장생활 10년 동
안 홍보 · 마케팅 일을 했으며 지금은 홍대 골목에서 17살부터 꿈꾸던 카페 '마켓 밤삼킨별'을 운영하
고 있다. 캐논canon에서 '감성사진' 강의를 하고 있으며, 온 · 오프라인의 다양한 매체를 통해 글과 사
진 작업을 하고 있다. 지은 책과 사진집으로는 《동경맑음》《파리그라피》《14th day》《밤삼킨별의 놀
이 없는 놀이터》《당신에게 힘을 보낼게, 반짝》《미래에서 기다릴게》등이 있다.

facebook.com/bamsamkinbyul

©밤삼킨별

©밤삼킨별

눈이 사물을 인도하면
보이는 게 전부가 되고
생각이 마음을 인도하면
보이지 않는 것이
비로소 보이는 것이에요

《세상에서 가장 아름다운 별에 살다》
손명찬 지음 | 밤삼킨별 사진

흐르움이 지나가으면
마음은 다시 멈춰섭니다
나를 위로 흐르오르게
그릅니다

《세상에서 가장 아름다운 별에 살다》
손명찬 지음 | 밤삼킨별 사진

자르는 선

《세상에서 가장 아름다운 별에 살다》
손명찬 지음 | 밤삼킨별 사진

《세상에서 가장 아름다운 별에 살다》
손명찬 지음 | 밤삼킨별 사진